낙원맨션

낙원맨션

방우리 소설

교유서가

차례

이사 007

창문을 여는 일 033

물왕멀 063

낙원맨션 091

최소화의 순간 125

행갈이 153

ㅂ의 유실 181

해설 | 필연적 사건에 대한 고찰 소유정(문학평론가) 207

작가의 말 221

이사

초인종 소리가 들렸다. 남자는 인터폰 화면을 들여다보았다. '이 시간에 올 사람이 없는데. 아내라면 도어록 비밀번호를 누르고 들어올 테고. 잘못 들었나?' 화면에는 텅 빈 복도만 비칠 뿐 초인종을 누른 사람은 보이지 않았다. 다시 한번 초인종이 울렸다.

"누, 누구세요."

남자는 문 뒤편에 있는 사람에게 들릴 리 없는 작은 소리로 중얼거렸다. 아무런 대답이 없으리란 남자의 예상과는 달리 개 짖는 소리가 복도에 탁하게 울렸다. '이게 무슨 일이지?' 남자는 살짝 얼이 빠진 채로 현관문을 열었다.

어린아이였다. 아이나운 천진함과 호기심이 얼굴 어디에도 묻어 있지 않은 무표정한 여자아이가 복도에 서 있었다. 언뜻 모아이인상을 떠올리게 하는 아이는 웬 개를 품에 안고 있었다. 한눈에 보아도 어린아이가 안기에는 버거워 보이는, 덩치가 더이상 자랄 수 없을 만큼 자란 성견으로 시추에 불분명한 견종을 교배한 이른바 발바리였다. 남자는 딱히 이웃과 왕래하며 지내지 않았지만 몇 차례 복도나 통로 입구 혹은 마트에서 마주친 적이 있는지 아이의 얼굴이 눈에 익었다. 하지만 이렇게 가까이서 대면하기는 처음이었다.

아이가 남자에게 대뜸 개를 안겼고 남자는 엉겁결에 받아들었다. 아이는 익숙한 듯 앞코에 애니메이션 캐릭터가 그려진 운동화를 두 발로 번갈아가며 한 짝씩 벗은 후 집 안으로 들어왔다. 남자의 품이 불편한지 개가 몸을 비트는 통에 남자는 자신도 모르게 팔에 힘을 주었다.

"좀 맡아주세요."

아이가 소파 깊숙이 몸을 파묻으며 말했다.

"그런데 넌 누구?"

"저 몰라요? 옆집 살면서."

남자가 아이와 간격을 두고 소파에 앉자 개가 남자의 품에서 빠져나가 아이에게로 순식간에 튀어나갔다. 아이는 개의 머리를 쓰다듬었다.

"치치는 나보다 오래 살았어요."

아이는 어림잡아 일곱 살이나 여덟 살로 보였다. 유치원생이라고 하기에는 생기 없이 그늘진 얼굴이 조숙해 보였고 초등학교에 다닌다고 하기에는 몸집이 마르고 작았다. 남자는 아이의 나이를 가늠할 수 없었다.

"그래도 내 말은 잘 들어요."

아이는 손을 개털 안으로 깊숙이 넣어 쓰다듬었다.

"삼 일만 맡아주세요. 내가 얌전히 있으라고 말할게요."

"삼 일?"

"캠프에 가요."

"집에 개를 봐줄 사람이 없니?"

"엄마랑 아빠는 너무 바빠요. 그리고 할머니는……."

아이는 개의 두 귀를 작은 손으로 꼭 감쌌다. 개는 둥글고 새카만 눈알을 시계 방향으로 크게 굴렸다.

"틈만 나면 치치를 끓는 물에 집어넣으려고 해요. 아저씨가 치치를 지켜주세요."

아이는 리모컨을 들어 전원 버튼을 눌렀다.

"보고 가도 되죠? 우리 집엔 이 채널이 안 나와요."

아이가 능숙하게 채널을 돌리며 말했다. 만화영화를 방영하는 채널에서 멈추더니 넋을 잃고 화면을 바라보았다. 다음 회 예고편이 끝나자마자 아이는 남자와 개에게 인사 한마디 없이 벗어둔 운동화를 신고 나갔다. 그 조그만 아이가 얼마나 문을 세게 닫았는지 잠시 현관 쪽 벽 전체가 흔들렸다. 치치는 소파 팔걸이 위에 서서 있는 대로 목을 빼고 이미 닫힌 문을 바라보았다.

"어, 치치네?"

오후 내내 남자와 치치는 거리를 좁히지 않고 서로의 눈치를 보며 소파에 나란히 앉아 있었다. 간혹 동시에 자세를 바꾸려고 몸을 움찔대면 한쪽이 재빨리 소파에 다시 기대는 식으로 그들은 긴장감이 감도는 거실의 공기를 양쪽에서 팽팽히 끌어당기며 나누어 마시고 있었다. 아내가 현관문을 열고 들어오자마자 치치가 긴 꼬리를 흔들며 아내에게로 달려갔다. 아내가 자연스럽게 치치를 안아 들자 녀석이 축축한 혀를 날름거리며 아내의 손등과 목, 심지어 턱까지 정신없이 핥았다.

"수아 왔다 갔어?"

아내의 말이 뜻밖이었다. 아내가 그 꼬마와 아는 사이였다니. 남자가 알기로 아내는 같은 아파트에 사는 누구와도 통성명하고 지내지 않았다. 아내는 남자를 포함한 모든 사람에게 일정한 거리를 두고 사는 사람이었다. 그리고 모든 관계를 불문하고 항상 수동적이었다. 낯선 사람과 스스럼없이 말을 섞는 아내의 모습은 상상조차 되지 않았다. 그런 아내가 이웃의 누군가와, 그것도 어린아이와 말을 트고 지냈다니.

"그 앨 알아?"

"옆집 살잖아."

"그 애 부모는?"

"몰라."

"그 애랑 친해?"

아내는 남자를 빤히 바라보았다. 하긴, 남자 스스로 여기기에도 유치하기 짝이 없는 질문이었다. 치치마저도 눈을 반쯤 뜬 채 곁눈으로 남자를 흘겨보았다.

아내가 갈아입을 옷을 챙기러 방으로 들어가자 치치는 다시 시무룩한 표정으로 소파 한구석에 길게 엎드렸다. 아무리 보아도 귀여운 구석이라고는 한 군데도 찾을 수 없는 늙은 개였다. 아내가 욕실 문 앞에서 치치를 부르자 녀석은 나이답지 않게 꼬리를 살랑대며 쪼르르 달려갔다. 개가 문턱에서 뛰어내리자마자 문이 닫혔다. 그와 동시에 주의 깊게 살펴보지 않으면 눈에 띄지 않을 만큼의 진동으로 화장실 부근 천장이 아주 잠시 흔들렸다.

남자는 닫힌 문 앞을 할일 없이 서성이며 축 늘어진 가죽과 성근 털에 물줄기가 둔탁하게 떨어지는 소리에 귀를 기울였다. '아내가 원래 동물을 좋아했었나? 꽃이나 분재는 집에 들여놓는 족족 말려 죽이면서.'

치치를 먼저 목욕시킨 아내가 남자에게 드라이를 부탁하고 도로 욕실로 들어갔다. 남자는 선풍기의 가운데 버튼을 누르고 치치를 안아올렸다. 치치의 몸을 살짝 흔들자 바람결을 따라 물방울이 남자의 얼굴로 튀었다. 그 느낌이 나쁘지 않아 남자는 몇 번 더 치치를 좌우로 흔들며 털끝에서 튕겨나오는 물방울을 맞았다. 욕실 문 너머 샤워기 구멍에서 여러 갈래로 뿜어져나온 물줄기들이 바닥 타일에 부딪혀 셀 수 없을 만큼 많은 방울로 분해되며 공중으로 흩어지는 소리가 들려왔다. 남자가 치치를 좀더 빠르게 흔들었다. 한 템포 더 빠르게. 돌연 치치가 캬르릉 소리를 내더니 바닥으로 풀썩 뛰어내렸다. 몸에 비해 유난히 앙상한 다리로 지탱하고 있는 치치의 야윈 몸이 바닥으로 내려앉았다. 그 바람에 다리가 접질렸는지 탁한 신음을 내뱉었다. 치치는 휘청거리더니 먹은 것을 게워내기 시작했다. 바로 그때 욕실에서 물소리가 멎었다. 아내가 수건으로 머리의 물기를 털어내며 나왔다.

"아니, 난, 어, 그러니까."

남자가 말을 얼버무리는 사이 아내가 치치의 등을 부드럽게 쓸어주었다. 치치는 아내의 손길에 몸을 맡기며 바닥에 드러눕더니 몸을 축 늘어뜨렸다. 남자는 그 모습을 보며 치치의 몸이 생명을 담고 있지 않은, 이미 죽은 사체 같다는 느낌을 받았다. 그리고 그런 생각을 하는 자신에게 화들짝 놀라 곧바로 고개를 저었다.

치치가 사라진 것은 바로 다음날이었다. 아내가 출근한 후 남자도 나름대로 하루분의 할일을 끝내놓고 나머지 시간을 빈둥거리며 보내는 사이 치치가 온데간데없이 사라졌다. 그 사실을 먼저 알아차린 것은 퇴근해서 돌아온 아내였다.

"자기 집으로 돌아간 게 아닐까? 꼬마가 와서 데려갔을 수도 있고."

"수아는 모레 온다고 했잖아."

아내가 신경질 섞인 목소리로 말했다. 아무래도 개는 남자가 재활용 쓰레기를 복도에 내놓으려고 문을 잠시 열어둔 사이에 현관문 틈으로 빠져나간 듯했다.

"어쩌지? 개를 새로 사줘야 하나?"

"무슨 소리야? 치치를 누구한테, 무슨 수로 산다는 거야?"

아내는 남자를 쏘아보더니 신발을 꿰어 신고 밖으로 나갔다. 변명이 아니라 정말 남자가 따라나설 틈도 없이 순식간이었다.

아내는 한참을 헤맨 끝에 지친 기색으로 집으로 돌아왔다.

"집에서 하는 일도 없는 사람이 개 한 마리 제대로 못 보고 뭐 하는 거야?"

남자는 기가 막혔다. '하는 일이 없다니. 하루종일 직장에 나가 있는 아내를 대신해 빨래며 청소를 해놓고 밥까지 해놓는 사람이 누군데.' 하지만 남자가 한마디라도 대꾸해보려고 입을 열기 전에 아내는 이미 방문을 닫고 들어갔다. 남자가 보기에는 과민반응이었다.

삼 년 전 다니던 회사가 하루아침에 부도나 남자는 졸지에 실직자가 되었다. 그때부터 남자는 지친 심신을 달래고 구직에 전념할 에너지를 충전한다는 핑계로 흔한 아르바이트 하나 하지 않고 집에만 처박혀 있었다. 물론 삼 년간 아무것도 시도하지 않은 것은 아니었다. 아내의 눈치를 보며 채용 사이트에 올라온 몇몇 기업에 이력서를 넣었고 면접을 보러 다니기도 했다. 하지만 남자가 바라는 회사에서는 연락이 없었고 그나마 이력서가 통과된 곳은 성에 차지 않았다. 남자는 자신이 흘려보내고 있는 시간을 제멋대로 '유예'라고 이름 붙이고 있었다. 누군가는 인생에서 가장 치열하게 보내는 시기였지만 그는 일시 정지 버튼을 누르고 머물고 있었다. 이 시간만 지나면 자신의 진짜 삶이 찾아올 것이라 막연히 믿고 있었다. 하루는 더디게 흘렀으나 한 달은 지루한 날들 중 어느 하루에 남자를 세워두고 먼저 가 있곤 했다. 그는 멀어진 한 달을 어림하기 위해 고개를 쭉 빼고 어느새 다가온 새로운 계절을 넘나간 듯 바라보곤 했다. 그런 과정을 되풀이하는 동안 세 번의 해가 지났고 그는 이제 결코 젊다고 할 수 없는 나이가 되었다.

어느 날부터인가 피곤한 아내를 대신해 설거지나 밥 짓기 등 간단한 살림을 하나씩 터득해나갔다. 마트에 가서 저녁 찬거리로 적당한 재료를 신선도와 가격을 따져가며 고르는 일도, 눈길이 가지 않거나 손이 잘 닿지 않는 구석구석을 쓸고 닦는 일도 남자는 힘들이지 않고 해냈다.

아내가 벌어오는 돈은 두 사람이 먹고사는 데 약간 빠듯한 정도였다. 하지만 두 사람은 불평 없이 그럭저럭 지내고 있었다. 속은 어떨지 몰라도 아내는 대놓고 남자를 닦달하지 않았다. 남자는 이런 상태가 지속될 수 있는 것이 두 사람에게 별다른 꿈이 없기에 가능한 일이라고 생각했다. 신혼 초 아내가 아이를 유산한 뒤로 두 사람은 다시 아이를 낳고 싶다는 바람을 갖고 대화를 나누어본 적이 없었다. 또한 두 사람은 하와이나 보라카이 같은 관광명소에 가고 싶다는 생각도, 인테리어가 훌륭한 고급 식당에 가서 희귀한 재료로 만든 요리를 맛보고 싶다는 생각도 하지 않았다. 유명 브랜드의 로고가 박힌 옷을 입고 싶다거나 땅값이 비싼 동네에 지어진 으리으리한 집에서 살고 싶다는 생각 역시. 그런 것을 감히 꿈꾸지 못하는 것이 아니라 관심을 갖지 않는 것뿐이라고 남자는 생각했다.

치치를 찾는답시고 밖으로 나갔다가 허탕만 치고 돌아온 아내는 침대에 쓰러져 잠이 들었고 두 시간여 만에 깨어났다. 그사이 남자는 밥을 안쳐놓고 찌개를 끓이고 탈수까지 마친 빨래를 세탁기에서 꺼내 일일이 옷걸이에 걸어 건조대에 널어놓았다.

남자가 텔레비전을 막 켰을 때 아내가 거실로 나왔다. 화면에서 나온 빛이 아내의 얼굴 곳곳을 비추었다. 색조 화장품이 눈물에 얼룩덜룩 번져 있었다.

"울었어?"

남자는 텔레비전 볼륨을 줄였다. 막 대사를 하려던 탤런트의 목소리가 읍 소리를 내며 먹혔다. 아내가 갑자기 남자의 손에서 리모컨을 빼앗더니 볼륨 버튼을 눌렀다. 더이상 키울 수 없을 만큼 볼륨을 최대한으로 키웠는데도 아내는 버튼 위에 올린 손가락의 힘을 풀지 않았다. 평소에도 거슬릴 만큼 톤이 높은 탤런트의 목소리가 좁은 거실에 쩌렁쩌렁 울렸다.

"왜 그래, 시끄럽게."

"쟤 네가 좋아하는 애잖아. 쟤 보려고 TV 켠 거 아냐? 그런데 소리는 왜 줄여?"

"무슨 소리야."

"너는 마음 편하지? 치치가 없어졌는데, 어떻게 찾으러 갈 생각도 안 해? 막 퇴근해서 옷도 갈아입지 않은 나를 밖에 내보내야 했어?"

"여보, 왜 그렇게 예민해. 배고파서 그래? 일단 밥 먹자."

"넌 지금 밥이 목구멍으로 넘어가니?"

"난 자기가 지금 왜 화내는지 모르겠어. 아니, 이해는 하는데, 왜 이렇게까지."

"화내는 거 아니야. 슬퍼서 그래."

"뭐가?"

아내는 입을 다물었다. 일일드라마 배경으로 흐르는 경쾌한 노래가 온 집안에 시끄럽게 울려퍼지는데도 남자의 귀에는 아무것도 들리지 않았다. 그 순간 그는 오로지 아내의 숨소리와 아내가 입술을 움직일 때 나는 미세한 마찰음에만 귀를 기울였다. 남자를 쏘아보던 아내는 현관문을 열고 밖으로 나갔다. 이번에도 남자가 말릴 틈을 주지 않는 재빠른 동작이었다. 또 한번 벽이 살짝 흔들리는 것을 남자는 놓치지 않고 보았다.

아내는 자정이 넘어서까지 돌아오지 않았다. 몇 번이나 전화를 걸어보았지만 휴대전화는 아예 꺼져 있었다. '아내는 어디로 간 걸까. 아직도 치치를 찾아 길거리를 헤매는 걸까?' 연결될 리 없다는 것을 알면서도 연이어 통화 버튼을 누르던 남자는 대충 바지만 갈아입고 집을 나섰다.

아내는 멀리 간 것이 아니었다. 그녀는 버스 정류장 벤치에 앉아 있었다. 막차도 끊긴 지 한참 지난 시간. 아내는 간간이 고개를 빼고 버스가 진입하는 쪽을 바라보다가 다시 고개를 떨구고 발밑을 내려다보기를 반복했다. 남자는 정류장에서 적당히 떨어진 가로수에 몸을 숨긴 채 아내를 바라보았다. 뜨문뜨문 도로를 지나다니는 차들 중 어떤 차도 아내 앞에 멈추어 서지 않았다. 자동차 헤드라이트만 아내의 몸을 싸늘하게 훑으며 스쳐갔다.

시간이 얼마나 지났을까. 아내가 일어나 집 쪽으로 걸음을 옮겼다. 남자는 황급히 어둠 속을 소리 죽여 달렸다. 아내는 팔짱을 낀 채 길바닥을 내려다보며 터덜터덜 느리게 걸어갔다. 다행히 남자를 눈치채지 못한 것 같았다.

무사히 집으로 먼저 들어온 남자는 벗어놓고 나간 파자마 바지로 갈아입지도 못하고 침대에 누웠다. 곧이어 문이 열리는 소리가 들렸다. 남자는 눈을 꾹 감았다. 아내는 몸을 내팽개치듯 남자 옆에 털썩 누웠다. 삐걱거리는 낡은 매트리스 소리가 잠깐 들렸다. 남자의 착각일까? 침대에서 시작된 균열이 천장의 한쪽 귀퉁이를 타고 온 방 안으로 퍼져나가는 것이 어둠 속에서도 선명하게 보였다. 초저녁잠 때문인지 아내는 오랫동안 잠을 이루지 못하고 몸을 뒤챘고 그 바람에 남자 역시 잠든 척 눈만 떴다 감기를 반복하며 밤을 지새웠다.

그 밤 내내 남자는 아내에게서 어떤 냄새를 맡았다. 평소 아내 몸에서 풍기던 달달하고 진득한 체취와는 달랐다. 다른 냄새와 뒤섞인 냄새는 아니었다. 아내의 체취의 결정적 요소였던 무엇을 한 꺼풀 벗겨낸 듯한 냄새였다. 아내는 자신의 일부를 어느 곳인가에 덜어내고 돌아온 것이 분명했다.

며칠간 서로에게 꼭 필요한 최소한의 말만 하며 지내던 그들 부부가 치치에 대해 다시 입을 연 것은 그로부터 나흘 뒤 아침이었다. 예정대로라면 치치를 잃어버린 다음다음 날 치치를 찾으러 왔어야 할 아이가 아직 오지 않았던 것이다.

"까먹은 거 아냐?"

"치치를? 수아가 치치를 얼마나 예뻐하는데."

"그 나이 때 애들이 다 그렇잖아. 새로운 강아지라도 선물받았나보지, 뭐."

아내는 눈썹을 일그러뜨리며 입을 벌렸지만 아무 말 없이 김치를 집어 입에 넣고 씹었다.

"차라리 잘된 거 아냐? 책임지라고 울고불고 소란을 피우는 것보단 낫잖아."

아내는 숟가락을 소리 나게 식탁 위에 올려놓고 일어났다. 밥은 반공기 이상 남아 있었다. 남자는 아내의 밥그릇을 가져와 자신의 밥그릇에 남은 밥을 쏟았다.

아내는 늦게까지 집에 들어오지 않았다. 계속되는 남자의 전화에 "늦어. 먼저 자"라는 간단한 메시지로만 응답해왔다. 남자는 께름칙한 기분으로 침대에 누웠다. 전에는 한 번도 느껴보지 못한 불안한 예감이 스멀스멀 머릿속을 기어다녔으나 예감의 끝자락에 다다라 목격하게 될 일의 정체가 무엇인지는 알 수 없었다.

아내가 남자를 깨운 때는 동이 트기 전, 아직 남아 있는 어둠의 잔상에 희미한 빛의 면포 한 겹이 살포시 덮일 무렵이었다.

"이제 온 거야?"

"……죽었어."

"뭐? 누가 죽어?"

"수아가 죽었다고."

"뭐?"

"수아가 갔던 캠핑장에 불이 났대."

남자는 아무 말도 할 수 없었다. 아내의 말이 온전히 이해되지 않았다. '죽었다니. 누가 죽었다는 거지? 수아가 누구야? 캠핑장은 뭐고?' 온갖 의문이 머릿속에서 뒤죽박죽 섞이며 기이

한 형태로 반죽되어갔다.

"뉴스도 안 봤어? 허구한 날 집구석에서 TV에 눈 박고 있으면서."

수아가 치치를 안고 왔던 날까지 남자는 그 애를 잘 알지 못했다. 지금도 마찬가지다. 하다못해 그 애의 이름이 김수아인지, 박수아인지도 모른다. 딱 한 번 얼굴을 마주보며 대화를 나누었고 사소하다고 할 수 있는 부탁을 들어주었을 뿐인, 생판 남이나 다름없는 아이의 갑작스런 죽음에 어떻게 반응해야 할지 난감했다. 당장 어떤 표정을 지어야 할지도 퍼뜩 판단되지 않아 아내의 눈치만 살피는 남자의 얼굴에 대고 아내가 통보했다.

"우리 이혼하자."

남자는 환청을 들은 것이라고 생각했다. 아내의 얼굴은 어느 때보다도 차분하고 담담해 보였다. 마치 상자에서 갓 꺼낸 헤어드라이어나 믹서기 따위의 전자제품처럼 아내의 입술은 흐트러짐 없는 일자로 굳게 닫혀 있었다. 그랬기에 남자는 잘못 들었나보다고 마음대로 생각하고 다음 말을 이어갔다.

"장례식은? 우리도 가봐야 하지 않을까?"

"난 다녀오는 길이야."

아내가 옅은 한숨을 내쉬었다. 남자는 아내를 위로해줄 말을 찾기 위해 부지런히 머리를 굴렸으나 적당한 말이 도통 떠오르지 않았다. 아내가 위로의 말을 들어야 할 사람이 맞는지도 확신이 서지 않았다.

"여긴 원래 네 집이니까 내가 나갈게."

'잘못 들은 게 아니구나. 아니, 그런데 수아의 죽음이 어째서 이혼 사유가 되는 거지? 그 애가 죽은 데 내 책임이 조금이라도 있다는 건가? 대체 무슨 근거로 그렇게 생각하는 거지?'

"진심이야? 왜?"

"모르겠어. 그냥 같이 못 살겠어."

아내가 모로 길게 누웠다. 남자는 아내의 팔에 손을 올려놓았다. 아내가 몸을 가볍게 털어내며 남자의 손을 뿌리쳤다.

"내가 어떻게든 일 구해볼게."

"그래. 돈 벌어야지. 먹고살려면."

"뭐 때문에 이러는지 얘기해주면 안 돼?"

"지금 너무 피곤해. 한 시간이라도 좀 자면 안 될까?"

그 말을 마치자마자 아내는 설탕이 물에 녹듯 스르르 잠에 빠져들었다. 누군가 '아내는 어떤 사람이다'라는 문장을 지금 당장 남자에게 기술하라고 한다면 '어떤'을 단 한 글자도 늘리지 못할 것 같았다. '옆집 아이의 죽음에서 느닷없이 이혼 충동을 느끼는 여자.' 이렇게 완성한 문장으로 무슨 수로 아내를 설명할 수 있을까. 완전히 동이 터 아내의 얼굴 위로 밝은 햇살이 내려앉을 때까지 남자는 아내의 옆얼굴을 하염없이 바라보았다.

이삿짐을 싸던 날은 이른 아침부터 내내 개 짖는 소리가 들렸다. 멀리서부터 시작된 소리는 우렁차게 뻗어나가지 못하고 기침소리처럼 맥없이 잦아들었다. 하지만 도중에 흩어지지 않고 무사히 그들 집까지 도달했다. 아파트 뒤편 낮은 산으로 오르는 길에 띄엄띄엄 거리를 두고 자리한 주택가에서 나는 소리일 터였다. 좁은 거실을 노랗고 커다란 플라스틱 바구니들이 빼곡히 채웠다. 오늘 밤이 지나고 아침이 밝자마자 커다란 트럭이 와서 바구니들을 싣고 떠날 것이다. 아내는 바구니에 등을 기대고 무릎을 세운 채 앉아 있었다. 시선은 해가 지는 창밖으로 향해 있었으나 무엇을 보고 있는지 아내 자신도 모르는 듯한 무심한 눈빛이었다. 끝을 찾고 있는 중일지도 모를 일이었다. '자신의 몸속에 어지럽게 뒤엉켜 있는 전선의 끝을 찾으려면 밖이 아니라 안을 들여다보아야 할 텐데' 하고 남자는 생각했다.

"마저 해야지."

아내가 몸을 천천히 일으켰다. 그림자의 움직임처럼 관절의 운동이 느껴지지 않는 동작이었다. 남자는 아내를 위해 그리 어둡지도 않은 안방 불을 켜주었다. 두 사람이 나란히 몸을 누이던 침대는 분리해 아파트 화단에 내다놓았다. 아내는 낡고 커다랗기만 한 침대를 갖고 가길 원하지 않았으며 남자 역시 침대가 필요하지 않았기 때문이다. 침대를 들어낸 자리는 먼지 더께가 앉은 온갖 잡다한 물건들로 가득했다. 아내는 커다란 빗자루를 가져왔지만 어디서부터 쓸어야 할지 막연한지 경계진 부분을 미적미적 건들기만 했다. '언제 침대 밑으로 다 굴러들어온 걸까.' 남자는 물건이 잡히는 대로 주워 들었다. 대충 먼지를 털어내고 보니 고슴도치 등판에 난 가시 모양으로 플라스틱 모(毛)가 비죽비죽 솟은 커다란 빗이었다. 남자는 아내를 올려다보며 표정을 살폈다. 아내가 얼굴을 찌푸렸다. 남자는 오십 리터짜리 쓰레기봉투 입구를 조금 벌려 빗을 집어넣었다. 뒤이어 골라잡은 올이 나간 스타킹과 뚜껑이 열려 있던 탓에 내용물이 표면으로 흘러 몇 갈래로 말라붙은 로션 통, 내용물이 병 안에서 비스듬히 굳어버린 매니큐어도 차례로 봉투에 버렸다. 맥없이 서서 지켜보던 아내도 풀썩 쪼그리고 앉았다. 마침내 아내는 먼지가 내려앉은 쓰레기더미 사이를 헤집고 손을 뻗었다.

아내의 이혼 통보 후 상황은 남자가 예상했던 것보다 빠르게 진전되었다. 아내는 아파트에서 나가겠다고 말한 날로부터 한 달도 지나지 않아 새로 살 방을 구했다. 아내와 달리 남자는 아직 아무런 결정도 내리지 못하고 있었다. 전세 기간은 마침 만료를 앞두고 있었고 남자 혼자 살기에는 집이 큰 편이라 이참에 집을 정리할까 싶은 생각이 들기도 했다. 그동안 남자는 집이 고장나고 있는 것을 피부로 생생히 느끼고 있었다. 천장 귀퉁이에 핀 곰팡이부터 눈에 보이는 크기의 벽의 균열까지 집 안 곳곳에는 세월이 새긴 주름들이 깊어지고 있었다. 때때로 남자는 집이 불시에 주저앉는 장면을 상상했다. 하지만 막상 집을 나서면 당장 어느 방향으로 가야 할지부터 막막했다. 직장을 구하고 마땅한 거처를 알아볼 때까지만 이혼을 보류해달라고 부탁하고 싶은 생각도 들었다. 그 말을 차마 꺼내지 못한 것은 남자가 그 정도까지 뻔뻔하지 않아서가 아니라 남자와의 소통의 문을 닫으려는 아내의 의사가 워낙 완강해 보였기 때문이다.

　아내의 이사 날짜가 정해진 후 집을 정리하며 알게 된 사실은 집이 예상보다 훨씬 낡았다는 것이다. 집 안 곳곳이 허물어져가고 있다는 사실은 꽤 오래전부터 알고 있었다. 처음 이곳에 발을 들여놓았던 날에도 집은 이미 낡을 대로 낡아 있었다. 새로 페인트칠을 한 덕에 외양은 그럴듯해 보였으나 통로 유리문을 열고 들어선 순간 사방에서 온몸을 향해 하루살이 떼처럼 몰려들어 몸에 눌어붙던 눅눅한 기운의 습격을 당했다. 집 내부 역시 마찬가지였다. 헐거워진 탓에 여닫을 때마다 바람 빠지는 소리가 나거나 당장이라도 부서질 듯 삐거덕거리는 문짝들, 벽에 구멍이 나 스티커로 막아놓은 흔적, 싱크대와 조리대에 시커멓게 낀 물때와 가스레인지에 얼룩덜룩 찌들어 있는 기름때까지. 아파트의 나이를 가늠할 수 있게 하는 것은 손이 닿거나 닿지 않는 곳 어디에든 있었다. 그리고 이곳에서 수년이 흐르는 동안 더욱 많은 것이 고장나고 제 기능을 잃어갔다. 화장실 벽에서 떨어져나간 수건 선반과 화장지걸이도, 벽에 뚫린 구멍도, 뜯긴 도배지와 세로로 죽 찢어진 커튼도 그들은 수리하거나 수선하지 않은 채로 놔두었다. 손을 대기 시작하면 한도 끝도 없을 것이 분명했고 무엇보다 남자에게 손기술이 있지도 않았기 때문이다. 그사이 세월의 더께는 두텁게 앉아 있었다.

또 개 짖는 소리가 들렸다. 소리는 물속을 통과하며 올라오듯 먹먹하고 희미했다.

"치치는 어디로 간 걸까?"

아내의 귀에는 저 소리도, 남자의 목소리도 들리지 않는 것일까. 아내는 무언가를 골똘히 바라보고 있었다. 아내가 손에 든 것은 미니 라디오였다. 안테나를 세우고 다이얼을 돌려 주파수를 맞추면 소리가 나올지도 몰랐다. 하지만 아내는 더이상 라디오를 듣지 않았다. 이 라디오는 아내가 한 심야 방송에 올린 사연이 채택되어 받은 선물이었다. 아내가 신청한 음악을 배경으로 흘러나온 사연은 아이를 가졌다는 내용이었다.

"이건?"

남자는 얼른 다른 물건을 집어 아내의 눈앞에 들이밀었다. 몇 해 전 대여점에서 빌려온 DVD였다. 그들은 그날 어떤 영화를 빌릴 것인가를 두고 가벼운 실랑이를 벌였다. 말다툼으로까지 이어지지는 않았지만 두 사람은 보고 싶은 영화를 쉽사리 포기하고 상대에게 선택권을 양보하려 하지 않았다. 결국 아내가 보고 싶어하는 영화를 빌렸던 모양이다. 남자는 이 영화의 주인공 역할을 맡은 배우를 좋아하지 않았다.

대여점이 있던 자리에는 통신사 대리점이 들어선 지 오래였다. '그때 DVD 값을 물어주었을까. 왜 모든 것이 선명히 기억나지 않는 걸까. 토막토막 끊긴 기억들만 순서 없이 무더기로 쌓여 있는 까닭은 왜일까.'

그 밖에도 침대가 놓여 있던 자리에는 꼭지가 떨어져나간 냄비뚜껑, 앞표지가 뜯겨나가 책장을 넘겨보지 않으면 제목을 알 수 없는 책, 작동이 멈춘 리모컨, 촉이 나간 전구, 빈 맥주 캔 몇 개와 태어날 것이라 믿었던 아이를 위해 사두었던 아주 조그만 신발 등이 먼지 더미 속에 파묻혀 있다가 남자의 손에 끌려나왔다. 마치 화수분처럼. 집안 모든 살림살이가 나온다 해도 놀라지 않을 수 있을 것 같았다. 침대와 바닥 사이, 머리 하나 통과하지 못할 좁은 틈, 어떻게 여기에 이렇게 많은 물건이 떨어져 있었던 것일까.

개 짖는 소리가 가까워지는가 싶더니 다시 멀어져 희미하게, 하지만 끊이지 않고 들렸다. 수면 위로 가까스로 올라와 이내 터지고 마는 거품 같은 소리가. 남자는 아내를 흘끔 바라보았다. 아내는 이 쓰레기 더미에서 소중한 무언가를 찾으려 애쓰는 중인 것일까. 아내의 손길이 간절히 더듬는 그것은 무엇일까. 언젠가 안타까이 잃어버렸던, 너무 소중해서 손에 꼭 그러쥐고 있다가 그 애절함으로 인해 산산이 바스러져버렸던 무엇일까. 아니다. 자세히 보니 물건을 하나하나 들었다 놓는 아내의 손길은 무언가를 깁는 동작과 닮아 있었다. 아내는 자신이 바늘을 꽂고 실을 꿰는 부분이 허공인 줄 모른 채 텅 빈 비명만 내지르고 있었다. 몇천 번을 거듭 꿰매도 봉합되지 않을 허공이 신음 한 번 내지 못하고 고통스럽게 몸을 뒤트는 동안 아내의 얼굴은 쏟아내지 않은 눈물로 범벅이 되어갔다.

남자가 화장실에 가려고 몸을 일으켰을 때 아내가 가늘지만 날카로운 소리를 내질렀다. 그동안 저 칼날처럼 서늘한 비명을 도로 삼키고 삼키느라 아내의 목에는 얼마나 많은 생채기가 났을까. 아내가 손가락으로 가리키는 곳에는 먼지를 잔뜩 뒤집어쓴 걸레 뭉치 같은 것이 구겨져 있었다. 남자는 조심스레 그것을 들어올렸다. 엉킨 털 뭉치로 감싸인 얇은 막이나 다름없는 가죽 아래 생선 가시처럼 가느다란 뼈들이 만져졌다. 남자는 그것을 가까스로 붙들고 살펴보았다.

"얘가 왜, 여기 있는 거지?"

개였다. 옆집 수아의 개, 치치였다. 아내는 양 손바닥으로 얼굴을 감쌌다. 몇 차례의 헛구역질 끝에 밭은기침을 해댔다. 그때마다 아내의 입에서 개털이 파르르 날렸다. 아내의 입에서 나온 개털들은 바닥에 내려앉지 못하고 서로를 밀어내며 허공을 어지러이 날아다녔다.

남자는 침대 아래에서 나온 물건들을 모조리 쓰레기봉투에 쓸어 담았다. 오십 리터짜리 봉투가 가득찼다. 남자는 남은 먼지를 빗자루로 걷어내고 걸레를 빨아와 깨끗이 닦아냈다. 치치의 사체는 신문지 몇 겹에 돌돌 말아 현관 한 귀퉁이에 두었다. 남자는 수아네 집에 가져다주어야 하는 것이 아니냐고 물었고 아내는 아무런 대답을 하지 않았다.

먼지를 말끔히 닦아낸 바닥은 침대가 있었던 곳을 제외한 바닥의 나머지 부분과 확연히 경계를 이루었다. 남자는 그 위에 자리를 깔고 누웠다. 남자는 아내가 정류장에 앉아 있었던 밤을 불현듯 떠올렸다. 함께 사는 동안 남자는 아내에게 정류장 같은 존재에 불과했던 것일지도 모른다는 생각이 그제야 들었다. 아내가 마음 편히 쉴 안식처가 아닌, 그저 언젠간 지나쳐야 할 장소. 남자는 아내에게 묻고 싶었다. 얼마나 빈번히 몰래 이삿짐을 싸고 풀기를 반복하며 살아왔던 것인지. 끝내 아내의 발목을 붙든 것은 무엇이었는지. 왜 영영 떠나지 못하고 매번 정류장을 기웃대다가 집으로 되돌아왔던 것인지. 꽤 오래전부터 아내가 먼 미래를 상상할 때 남자를 등장시키고 있지 않았으리라는 생각이 어렴풋이 들었다. 그 사실을 알아채고도 여태 외면하며 살아왔을 뿐이라는 것도.

까무룩 잠이 들려던 찰나 바로 옆에 몸을 눕히는 아내의 기척에 남자는 눈을 떴다. 가구 하나 없이 텅 빈 방 안에서 두 사람의 숨소리는 각각의 작은 파문을 그리며 퍼져나갔다. 남자는 자리를 더듬어 아내의 손을 잡으려 했지만 아내는 등을 돌리고 있는지 얇은 피부 위로 불거져 나온 뼈만 만져졌다. 남자는 아내의 등을 천천히 쓸어내렸다. 오르락내리락 고른 호흡이 고스란히 전해졌다.

"자?"

남자가 아내의 얼굴을 들여다보았다. 하루종일 이삿짐을 싸고 청소하느라 고단했는지 아내는 이내 잠들어 있었다.

남자는 아주 작은 진동을 느꼈다. 남자가 흔들림을 감지한 짧은 순간 아주 소량이지만 천장에서 흙가루가 쏟아져 남자의 얼굴을 때렸다. 이 순간에도 집 안 곳곳이 허물어지고 있었던 것이다. 매분 매초 새롭게 녹이 슬고, 새끼손톱만큼씩 칠이 벗겨지고, 멍든 자국처럼 군데군데 곰팡이가 피어나고 있다는 것을 남자는 온몸 가득 안테나처럼 곤두선 촉각세포를 통해 느낄 수 있었다. 집은 일 초도 쉬지 않고 부식되고 낡아가는 중이었다. 남자는 한순간 와르르 무너져내릴지도 모르는 천장을 올려다보며 아내를 흔들어 깨웠다.

"여보, 일어나봐. 집이 무너지고 있어. 당신은 안 느껴져? 여보?"

아내는 미동조차 하지 않았다. 남자는 아내를 세차게 흔들어보았지만 아내는 쥐 죽은 듯 고요했다. 남자의 손에 닿는 아내의 몸이 유난히 서늘하게 식어 있었다. 남자는 소스라치게 놀라며 손을 뗐다. 아내에게서 아무런 냄새도 나지 않았기 때문이다. 남자는 왜 몰랐을까. 아내의 몸이 집이 낡아가는 것과 같은 속도로 마모되고 있었다는 사실을. 어느새 엷게 코 고는 소리조차 걷힌 집 안은 더없이 적막했다. 창밖으로 어둠이 슬슬 걷히고 있었다. 해가 완전히 떠올라 어둠을 밀어내면 인부들이 트럭에 아내의 이삿짐을 모두 싣고 남자가 모르는, 어쩌면 앞으로도 영영 모를 어딘가로 출발할 터였다. 그리고 남자는 혼자 남아 쓰러져 안기는 집의 무게를 묵묵히 견뎌야 할 터였다. 남자는 다시 아내 쪽을 더듬어보았다. 아무것도 만져지지 않았다. '이상하다. 방금 전까지 분명 여기에 있었는데.' 일어나서 확인하려 했지만 몸이 말을 듣지 않았다. 남자는 하는 수 없이 있는 힘껏 두 눈만 크게 뜬 채 잘게 부서져 내리는 어둠과 시간의 잔해를 오래도록 바라보았다.

창문을 여는 일

"먹을 거 없어.""저리 가." 개는 그런 말을 듣지 않았다. 발에 힘을 실어 밀어내도 개는 자꾸 내 다리에 들러붙었다. 처음 보는 개였지만 어디서나 볼 수 있는 흔한 개였다. 나는 가방으로 개를 밀쳐내며 걸음을 재촉했다. 돌아볼 때마다 개는 조금씩 가까워져 있었다. 정류장까지 따라온 개는 버스에 탈 때까지 내 주위를 맴돌았다. 비죽비죽 자란 털이 제멋대로 엉겨붙은 떠돌이 개였다. 그 개가 변사체로 발견되기 이틀 전의 일이었다.

아무런 일이 일어나지 않아도 신문은 매일 발간된다. 아무 일이 아닌 일을 아무 일로 만들어내는 것이 신문이기 때문이다. 첫 기사가 나오는 시간은 오후 세시고 출근시간은 한 시간

전인 오후 두시다. 기사가 될 일과 기사가 되지 않을 일을 구분하는 기준은 무엇일까. 매일 신문으로 인쇄되는 기사들을 모조리 읽어보아도 답할 수 없는 질문이다. 오히려 기사로 쓰이지 않는 일에서 그 답을 찾을 수 있지 않을까. '왜일까. 개는 왜 죽었을까. 개를 죽게 한 건 무엇이며 왜 아무도 그 이유를 알리고 하지 않을까. 왜 떠돌이 개가 죽은 일은 기사가 되지 않을까.' '왜'로 시작하는 의문, 그것이 내가 떠돌이 개의 죽음을 둘러싼 일련의 일을 상상하게 된 연유다.

자리에 앉아 가장 먼저 하는 일은 창문을 여는 일이다. 창문은 총 삼중으로 되어 있다. 건물 밖 유리창과 건물 안 덧창, 그리고 세상과 나를 경계 짓는 창이 하나 있다. 바로 두 눈이다. 내가 여는 것은 덧창이다. 덧창을 열며 두 눈도 함께 연다. 창밖으로는 맞은편에 있는 오래된 오층짜리 아파트가 바라보인다. 아파트 벽면에는 아파트 이름이 쓰여 있지만 내가 앉은 자리에서는 잎이 무성한 나뭇가지에 가려 이름이 정확하게 보이지 않는다. 이름이 맨션으로 끝난다는 것만 겨우 알 수 있다. 요즘 지어진 아파트 이름에는 맨션이라는 단어를 잘 붙이지 않는다. 듣기로는 지어진 지 사십여 년이나 되었다고 한다. 사십 년이 넘는 시간 동안 이 일대에서 변하지 않고 그대로인 것은 아파트뿐인 듯하다. 사십 년이란 어떤 시간일까. 나는 내가 아직 겪어보지 않은 사십 년이란 시간을 헤아려보지만 시도로만 그칠 수밖에 없다. 나는 바로 눈앞에 있는 아파트에서 느끼는 사십 년만큼의 간극을 그대로 둔다. 사십 년만큼의 간극을 넘어서려는 시도에는 그 이상의 시간이 필요할지도 모른다. 사십 년은 오로지 사십 년만큼의 질량을 갖는다. 사십 년 이상도, 이하도 아닌 딱 사십 년 만큼의 기억을 지나온 시간이. 사십 년이 지나는 동안 도시계획에 따라 신도시가 들어서고 고층아파트 단지와 대형마트와 영화관과 초등학교가 생기고 인공호수와 그곳을 둘러싼 근린공원이 조성되었다.

그동안 아파트만이 유일하게 한자리를 지켰다. 이 일대에서 가장 오래된 건물이 바로 아파트임에도 불구하고 어쩐지 아파트만이 이방인 같다. 아파트의 안과 밖을 구분하는 것은 공간이라기보다는 차라리 시간이다. 아파트가 완공된 1982년도에도 지금의 모습과 크게 다르지 않았을 것 같다. 나이든 사람들은 이 일대를 역전 네거리라 부른다. 매일 출퇴근하며 지나치는 버스정류장 이름도 ○○역 사거리다. 이 일대 어딘가에 기차역이 있었다고 하지만 지금은 흔적조차 찾아볼 수 없다. 그럼에도 불구하고 이곳은 여전히 역전 네거리로 불린다. 폐역이 된 기차역 일대에 조성된 신도시가 범위를 넓혀가며 아파트를 둘러싼 재건축 소식이 몇 년 전부터 돌고 있지만 그즈음부터 집을 사놓고 실제로 거주하지 않는 경우가 많아 비어 있는 집들이 많다고 한다. 빈집의 집주인들 중 대다수는 보증금 없이 저렴한 금액에 세를 놓는다고 한다.

아파트 앞으로 녹슬거나 칠이 벗겨지거나 고장이 났을 놀이 기구를 철거하고 벤치 두 개만 남은, 원래는 어린아이들을 위해 만든 놀이터였을 공터가 내려다보인다. 모래밭 공터 한쪽 구석에 재활용 쓰레기 분리수거함과 자판기가 놓여 있다. 공터를 둘러싸고 메타세쿼이아 나무가 울울하게 자라 있다. 그중 한 그루의 나뭇가지에는 울퉁불퉁한 징이 박힌 훌라후프가 걸려 있다. 때때로 아파트에 사는 노인들이 훌라후프를 돌리고 간다. 그중 개를 데리고 나온 노인은 훌라후프가 걸려 있던 나뭇가지에 개줄을 걸어놓는다. 아파트에는 유독 나무가 많다. 어떤 나무는 아파트보다 높이 솟아 있다. 아파트와 상가를 가르는 울타리에 걸린 현수막이 펄럭인다. 현수막에 인쇄된 글자를 읽기에는 거리가 꽤 멀다.

창문을 통해 공터를 오가는 사람들을 본다. 때로는 개를 끌고 다니는 노인이고, 때로는 담을 넘어 들어간 아이들이며, 때로는 나무 그늘에 얼굴을 숨기고 담배를 피우는 청소년들이다. 그리고 때로는 아무것도 보이지 않는다. 그것은 내가 보지 않기 때문이다. 왜 눈은 바깥을 향해 열려 있을까. 눈으로 바깥이 아닌 안을 볼 수 있다면 무엇이 보일까. 나는 안을 향해 열린 눈으로 무엇을 볼 수 있을까. 내 눈에는 과연 무엇이 보일까. 오늘 바깥을 향해 열린 내 눈 안으로 들어온 이들은 젊다고 할 수도 있고, 그리 젊다고 할 수도 없는 여자와 남자다. 여자는 색 바랜 갈색 코트에 짙은 버건디빛이 도는 체크무늬 머플러를 두르고 앵클부츠를 신고 있다. 입술에도 머플러와 같은 색깔의 립스틱을 칠했다. 코트는 여자의 발목 바로 위까지 내려온다. 남자는 스포츠 브랜드 로고가 찍힌 검정색 바람막이와 연회색 면바지를 입고 낡은 캔버스화를 신고 있다. 남자는 키가 꽤 큰 데 비해 몹시 말라 보인다. 고불고불한 곱슬머리에는 군데군데 새치가 나 있다. 거친 피부 위 파르스름한 수염 자국이 눈에 띈다. 그들은 벤치 위에 쌓인 낙엽을 털어내고 나란히 앉는다. 남자가 먼저 입을 뗀다. 나는 그들의 입 모양을 읽으며 대화를 엿듣는다.

"말했어?"

"아직."

"언제 말하려고."

"곧."

"곧이 언젠데."

"조금만 더 기다려줘."

"말할 생각은 있니?"

남자는 벤치에서 일어나 나무 뒤로 간다. 나무둥치에 기대어 담배를 피운다. 담배 연기가 여자의 얼굴 쪽으로 날아간다. 여자는 고개를 반대쪽으로 돌린다. 손을 들어 코를 막는 대신 눈가를 비빈다. 남자는 불씨가 남아 있는 담배를 땅바닥에 내던지고 여자 옆에 앉는다.

"밥이나 먹으러 가자."

"생각 없어."

"아침도 안 먹었다며."

"내가 알아서 먹을게."

"혹시 아직도 고민중이니?"

여자는 대답하지 않는다. 여자는 자신의 두 팔로 몸을 감싸고 잔기침을 내뱉는다. 순간 가로등 불빛이 꺼지며 주위가 어두워진다. 두 사람의 시선이 동시에 불 꺼진 가로등으로 향한다. 가로등이 꺼지고서야 가로등이 그곳에 있었다는 것을 알게 되었다는 듯이. 가로등은 어제도, 그제도, 그 전날도, 그 전날의 전날도, 그 전날의 전날의 전날도 그곳에 있었지만 수명을 다한 전구가 꺼지기 전까지 가로등이 거기에 있었다는 것을 알지 못했다는 사실조차 알지 못했다는 듯이.

가로등이 다시 켜진 뒤 드러난 하늘은 흐리고 어둡다. 남자와 여자는 벤치에 같은 자세로 앉아 있다. 남자가 먼저 입을 연다.

"말했어?"

"아직."

여자는 바닥에 떨어져 있는 낙엽 하나를 주워 만지작거린다. 엄지와 검지로 나뭇잎 줄기를 잡고 핑그르르 돌린다. 그때 웬 개 한 마리가 뛰어온다. 여자가 개를 향해 손짓하자 개는 머뭇거리며 여자의 발밑으로 다가와 두 발로 여자의 정강이를 짚고 일어선다. 꼬리를 흔든다. 여자가 개의 머리를 쓰다듬는다.

"만지지 마. 더러워."

"귀여운데 왜. 왜 말을 그렇게 해."

여자가 개를 안아서 허벅지 위에 올려놓는다. 개가 여자의 얼굴을 정신없이 핥는다.

"우리, 이 개 주인 찾아주자."

"떠돌이 개가 주인이 어디 있어."

"주인이 왜 없어. 잠깐 길을 잃었을 수도 있잖아. 이렇게 사람을 잘 따르는데."

"밥 달라는 거지. 함부로 정 주지 마."

"우리가 키울까?"

"우리?"

"우리."

갑자기 비가 내린다. 남자와 여자는 둥치가 굵은 나무 아래로 뛰어가 비를 피한다. 여자는 여전히 개를 품에 안고 있다. 빗줄기가 점점 더 거세진다. 쉼 없이 쏟아지는 빗줄기가 유리창을 장막처럼 뒤덮으며 남자와 여자, 개의 모습을 지운다.

비가 그치고 시야가 밝아진다. 하늘과 땅 어디에도 비가 내렸던 흔적은 보이지 않는다. 남자가 창틀 안에 등장한다. 남자의 손에 개줄이 쥐어 있다. 개줄에 매달린 개가 남자 뒤를 따라온다. 남자가 벤치에 앉자 개가 땅바닥에 코를 대고 냄새를 맡는다. 반대쪽 방향에서 여자가 뛰어온다. 숨을 미처 고르기도 전에 개 앞에 쭈그리고 앉아 목덜미를 쓰다듬는다. 개도 꼬리를 흔들며 여자의 품에 안긴다. 여자가 웃는다. 남자도 웃는다. 개도 개의 웃는 얼굴이 저런 것이구나 싶은 표정으로 웃는다. 셋이 함께 웃는 장면은 마치 웃는 정물화 같다.

"말했어?"

"아직."

"말을, 하긴 할 거니."

"응."

"아니 그냥, 내가 말할까?"

마침 여자의 휴대전화 벨소리가 울리고 여자는 전화를 받는다. 그리고 허겁지겁 창틀 밖으로 사라진다. 개가 여자의 뒤를 쫓아가지만 팽팽하게 당겨진 개줄이 개의 발을 붙든다. 개는 고개를 있는 힘껏 쭉 빼고 여자가 사라진 곳을 하염없이 바라본다. 개가 두 발로 땅을 긁어댄다. 남자의 얼굴로 모래가 튄다.

남자와 개 앞으로 대형 트럭 한 대가 와서 선다. 한참 뒤 트럭이 다시 시동을 걸고 떠나간다. 남자는 벤치에 앉아 있고 개는 땅바닥에 코를 박고 냄새를 맡고 있다. 마치 어제부터 줄곧 그러고 있었던 것처럼. 한참을 기다려도 여자는 돌아오지 않는다. 남자가 전화를 건다. 신호음이 끝나고 안내 음성이 나오자 통화 종료 버튼을 누른다. 그러고선 바로 발신 버튼을 다시 누른다. 그러길 두어 번 반복한 끝에 남자가 입을 뗀다.

"말했어?"

내 자리에 누군가 앉아 있다. H선배다. 그가 쓰는 맥이 고장 나서 수리중이라고 한다. 그동안 내 자리를 사용해야 한다고 말한다.

"그럼 저는 뭘 해요?"

"오탈자 점검이나 해."

그가 신경질적으로 말한다. 당분간 내가 맡은 지면까지 그가 맡아야 하기 때문이다. 그동안 나는 닫힌 창문을 열지 못한다. 창밖 풍경이 궁금하다. 남자만 있을 수도, 남자와 개만 있을 수도, 남자와 여자만 있을 수도, 남자와 여자와 개가 다 같이 있을 수도 있다. 아니다. 창밖에는 아무도 없다. 내가 보지 못하는 한 그들은 거기에 있다고 해도 없는 것이나 마찬가지다.

지면이 나오는 동안 해가 지고 날이 저문다. 가장 먼저 완성된 지면은 늘 그랬듯 문화면과 사람면과 지역면이다. 그다음이 경제면과 사회면 순이다. 1면이 가장 마지막이다. 신문이 나오는 순서는 하루도 빠짐없이 똑같다. 기자들은 늘 같은 단어를 잘못 쓰고 나도 늘 같은 단어를 고친다. 빨간색 펜을 들고 인쇄된 글자를 보지만 눈에 잘 들어오지 않는다. 내 눈은 주로 내가 보고 싶어하는 것만 보기 때문이다.

H선배가 퇴근한 뒤 겨우 자리에 앉아 창을 열고 어둑어둑해진 창밖을 바라본다. 밤에는 아파트가 잘 보이지 않는다. 양옆으로 높이 솟은 고층아파트 사이, 불빛 하나 밝히지 않은 아파트가 마치 새카맣게 잘린 빈칸처럼 보인다. 형체만 희미하

게 보이는 아파트는 아무도 궁금해하지 않는 비밀로 가득한 숲 같다.

연이어 며칠이 지나도록 창을 열지 못한다. 지금처럼 이야기가 원활하게 이어지지 않고 막힐 때는 결말부터 상상해보는 것이 좋다. 모든 비극은 결말에서부터 시작되기 때문이다. 다시 말해 어떤 이야기를 비극으로 결정짓는 것은 바로 결말이다. 내가 어떤 결말을 상상하느냐에 따라 그들의 이야기는 비극이 될 수도, 비극이 안 될 수도 있다. 하지만 나는 창밖에서 일어나는 그들의 삶을 상상하기 어렵다. 나는 눈에 보이지 않는 어떤 것도 상상하기 어렵다.

아무도 출근하지 않은 이른 시간, 나는 사무실 문을 열고 안으로 들어간다. 내 자리에 웬 남자가 앉아 있다. 남자는 골똘히 창밖을 바라보고 있다. 남자의 시선을 따라 창밖을 보니 아무도 없는 횅한 공터가 보인다. 나는 앉아 있는 남자의 어깨를 톡톡 친다. 그가 창에서 시선을 거두고 뒤를 돌아본다. 그 남자다. 공터에서 본 남자가 내 자리에 버젓이 앉아 있다. 나는 그에게 묻는다.

"개는요?"

"그 사람은 기억하지 못하는 것 같지만, 동구는 우리가 잃어버린 개예요. 말하기에 따라서는 버린 개라고도 할 수 있죠. 잃어버린 뒤에 찾지 않았으니까요."

나는 남자와 함께 아파트 공터 벤치에 앉아 있다. 아파트 공터에 가기 위해 나는 울타리를 넘어야 했다. 울타리를 넘은 것은 처음이다. 나는 남자의 말을 들으며 눈으로는 내가 늘 남자를 내려다보던 창문을 찾는다. 하지만 찾기가 쉽지 않다. 사무실의 모든 창문이 일제히 닫혀 있기 때문이다.

"어쩌면 동구는 제자리로 돌아간 것일지도 몰라요. 애초에 길에서 주운 개니까요. 그 사람은 동구를 찾는 대신 집을 나갔어요. 그 사람도 제자리로 돌아간 것일까요. 그 사람의 제자리란 어디일까요. 이해할 순 없지만 뭐 어쩌겠어요. 아니, 제가 그 사람을 이해한다고 해서 혹은 이해하지 못한다고 해서 그 사람의 선택을 바꿀 수는 없겠죠. 그래서 그만뒀어요. 이해하는 일을."

내가 쳐다보자 남자가 수염 자국이 파르스름한 턱을 문지른다.

"동구를 찾았을 때 내심 그 사람이 돌아올지도 모른다고 생각했어요. 그래서 내키지 않는데도 제가 데리고 있겠다고 했죠. 저는 사실 동구를 좋아하지 않았어요. 아니, 나라는 사람은 원래 개라는 동물을 좋아하지 않아요. 그래서 동구가 집을 나갔을 때 차라리 잘됐다고 생각했죠. 저는 그 사람이 동구에게 지나치게 애정을 쏟는다고 생각했어요. 우리 사이에 늘 보이지 않는 간극이 있었던 것도 그래서라고 생각했던 것 같아요. 어쩌면 저의 그런 생각이 그 사람을 밖으로 내몬 것일지도 모르겠어요. 선생님은."

"선생님은 아닙니다."

"그럼 어디 보자, 학생은."

"학생도 아닌데요."

"아니 그럼, 그쪽은 사랑이 뭐라고 생각하세요?"

"모르겠어요."

"그래요. 저도 모르겠어요."

"그런데 머리로 생각해서 알 수 있다면 그건 진짜 사랑이 아니라는 생각이 들어요."

남자는 담배를 피우겠다며 나무 뒤로 간다. 담배 연기가 내 쪽으로 날아오는데도 모르는 것 같다. 나는 중년으로 접어드는 나이에도 사랑 운운하는 남자가 철없다고 생각하지만 남자에게는 내색하지 않는다. 남자가 벤치로 돌아오는 길에 자판기에서 따뜻한 캔커피 두 개를 뽑아와 하나를 나에게 건넨다.

"저는 종이컵에 나오는 믹스커피가 좋은데. 요즘은 종이컵이 나오는 자판기를 영 보질 못해요. 캔커피는 밍밍하고 미지근하기만 해. 혀가 델 만큼 뜨겁고 달고 진한 믹스커피가 나오는 자판기를 본 적 있어요?"

"글쎄요. 기억이 안 나네요. 봤다고 해도 길에서 자판기 같은 걸 유심히 보고 다니질 않으니까, 기억하지 못하는 것일 수도 있고."

우리는 각자 캔커피를 손으로 문지르며 온기를 느낀다. 캔커피의 온기가 식을 동안 여자는 오지 않는다. 남자는 여자를 기다리고 나는, 그래, 나는 그래서 무엇을 하는 것일까? 그래, 나도 여자를 기다린다. 정확히 말하면 여자와 남자가 함께 있는 장면을 기다린다.

"저기가 기차역이었던 거 알아요?"

남자가 턱짓으로 가리킨 방향에는 내가 다니는 신문사가 있는 건물이 있다.

"어릴 때만 해도 기차역이 동네의 끝인 줄 알았어요. 그뒤는 뭐라고도 명명할 수 없는, 그냥 아무 용도도 없는 땅이었는데. 길이 아니었던 곳이 길이 되고, 집이 아니었던 곳이 집이 되면서 동네의 끝이 사라졌어. 여기 이렇게 앉아서 동네의 끝이 뒤로 밀려나는 걸 볼 때마다 가만히 서 있는 내가 뒤로 밀려나는 것 같았어. 그런데 끝이라는 게 사라질 순 없는 거겠지. 애초에 끝이 아니었던 곳을 끝이라고 생각했던 거겠지."

노인 하나가 공터에 오더니 나무에 걸린 홀라후프를 돌린다. 노인은 홀라후프를 능숙하게 돌린다. 홀라후프를 돌리면서 걷기도 한다. 홀라후프를 돌리며 걸으면서 박수를 치기도 한다. 박수를 칠 때마다 기합을 넣기도 한다. 홀라후프를 돌리며 공원을 돌아다닌다. 기합소리가 가까워졌다가 멀어졌다가 한다.

"그래서 저는 여기가 사라지지 않았으면 좋겠어요. 사십 년 전부터 역전 너머에 사람이 살고 있었다는 걸, 역전 너머에도 사람이 사는 땅이 있었다는 걸 증명하는 유일한 것이 바로 여기 아파트니까."

"나는 여기가 빨리 없어졌으면 좋겠어요."

"왜요?"

"오래된 것들은 오래됐다는 사실만으로도 어쩐지 소중하게 느껴지니까요."

"여기 있던 개 못 봤어요?"

훌라후프를 돌리던 노인이 남자와 나 사이로 얼굴을 들이밀고 말한다.

"개라뇨. 못 봤어요."

"아니. 내가 저기 나뭇가지에 걸어놨는데. 학생은 못 봤어?"

"저기로 가는 거 봤어요."

"개가 어디 있다고 그래. 정신 빠진 년."

노인은 빈 나뭇가지에 훌라후프를 걸어놓고 사라진다.

"그 사람은 아니라고 생각할지도 모르겠지만 저는 그 사람을 사랑했어요. 우습죠. 저는 사랑을 했고 사랑을 줬는데, 그 사람은 사랑을 받은 적이 없다고 하네요. 상대가 받지 못한다면 그건 사랑이 아니래요. 그게 대체 무슨 말이야. 말이 되는 말이기는 해요? 봐요. 누군가 택배를 보냈는데, 수신인이 받지 못했다고 해서 택배상자에 들어 있는 물건이 없어지는 거냐고요. 그게 말이 되냐고요."

"왜 찾으러 가지 않죠?"

"거기가, 원래 그 사람이 있던 곳이니까요."

사무실 창문 하나가 열린다. 사무실 안에서는 밖을 볼 수 있지만 밖에서는 사무실 안을 볼 수 없다. 그럼에도 불구하고 알 수 있다. 내가 늘 앉던 그 자리. 그 자리에서 창문을 통해 보이는 남자와 나를 상상한다. 헤링본 패턴 재킷에 청바지를 입고 러닝화를 신은 여자와 검은색 바람막이에 연회색 면바지를 입고 낡은 캔버스화를 신은 남자가 시야에 들어온다. 그들은 서로의 눈이 아닌 각자의 발치를 바라보며 말한다.

"말했어."

"뭐라고 했어."

"다."

"전부 다?"

"전부 다."

"그 사람은 뭐라고 했어?"

"용서해주겠대."

"용서라니."

"그러니까 용서라니."

"지가 뭔데 용서를 해. 오만하기 짝이 없군. 어디까지 말한 건데."

"전부 다."

"전부 다?"

"응."

"말 안 했구나."

"응."

"용서는 무슨 놈의 용서."

"나는 용서가 아니라, 이해를 받고 싶어."

"그건 욕심이야."

"그럴 수밖에 없었던 나를, 이해해줄 수 없어?"

나는 발밑에 쌓인 낙엽을 밟는다. 낙엽이 바스러진다. 왜일까. 낙엽 더미를 밟으면 너무나 쉽게 바스러지지만 낱낱의 잎은 세게 밟아도 쉽게 바스러지지 않는다. 나는 낙엽을 밟은 발에 힘을 주어 땅에 짓이긴다. 낙엽이 땅에 핏빛 얼룩을 남긴다.

"동구는 잘 있지?"

멀리서 개 짖는 소리가 들린다. 순간 사무실 창문이 닫힌다. 나는 창문이 닫히는 순간을 놓치지 않고 본다. 동시에 자리에서 일어난다. 아무도 보는 사람이 없다면 아무것도 이야기될 수 없다. 내 등뒤에 대고 남자가 육하원칙으로 이루어진 문장을 말한다. 내가, 내일, 이 시간에, 여기로, 동구를 데리고 오겠다고, 다 말해주러 오겠다고.

"그 사람이 그 남자와 통화할 때마다 소리를 죽이고 있었어요. 숨소리라도 들릴세라 숨을 참았어요. 그 순간만큼은 제 자신이 숨을 쉴 수 없는 무기체라고 생각했죠. 웃기는 건 말이죠. 그렇게 생각하니까 정말 아무 소리도 들리지 않더라고요. 그 사람이 그 남자를 부르는 호칭, 그 사람과 그 남자 둘 사이에만 통용되는 은어, 그런 것만이 아니라 어떤 말도 알아들을 수 없더라고요. 숨을 쉴 수 없는 것도 뭐 그럭저럭 참을 만하더라고요. 아니, 나 따위가 숨을 쉬고 산다는 게 기이하기 짝이 없는 일로 여겨지기까지 했다고 해야 할까."

남자가 웃는다. 나는 손바닥을 펼쳐 동구의 턱 아래에 가져다댄다. 동구가 내 손을 마구 핥는다.

"동구를 데려오자고 말한 건 저였어요. 그 사람은 처음엔 주저했지만 이내 그러자고 했어요. 저는 동구를, 그러니까 그 사람과 저의 관계를 증명하는 존재라고 생각했어요. 아무도 알아서는 안 되고 아무도 봐서는 안 되는 비밀스런 관계를 정형화하는 하나의 표상이랄까. 만약 그 사람이 우리의 일을 처음부터 끝까지 부정한다고 해도 그게 거짓말이라는 걸 누가 어떻게 알 수 있겠어요. 동구 말고는."

동구가 남자의 다리 둘레를 빙빙 돈다. 개줄이 남자의 발목에 칭칭 감긴다. 남자가 컥컥 마른기침을 해댄다.

"저는 이런 생각을 해요. 사람과 사람이 만나서 맺은 관계 역시 하나의 유기체라고. 유기체처럼 숨 쉬고 움직이며 자라나는 거라고. 그러니까 우리 관계가 아직 살아 있음을, 숨을 쉬고 있음을, 움직이며 자라나고 있음을 알리는 존재, 그게 우리 동구예요."

남자가 동구의 머리를 쓰다듬으려 손을 뻗자 동구가 한 걸음 뒤로 물러난다. 이빨을 드러내며 으르렁댄다. 차가운 바람이 분다. 남자가 옷을 여민다.

"그 사람은 스스로의 존재가 수치스럽게 느껴질 때마다 이름을 바꿨대요. 그러기를 두 번인가 그랬대요. 어쩌면 지금은 제가 아는 이름이 아닐지도 몰라요. 그리고 그리길 바라요. 제가 알기로 그 사람의 이름은 김미란이에요. 김미란은 제가 김미란이라고 알고 있는 사람이 가진 세번째 이름이자 김미란으로서의 첫번째 이름일 뿐이죠. 지금 김미란의 이름이 무엇인지는 몰라요. 다만 저는 제가 알기로 개명을 두 번이나 한 사람을 알고 있는데, 그 사람이 두번째로 바꾼 이름, 그러니까 세번째 이름이 바로 김미란인 것이다, 이 말이에요. 제가 알고 있는 그 사람의 이름이 김미란이라고 해서 그 사람을 김미란이라고 할 수 없다는 것도 알아요."

"돌아오길 바라나요?"

"그 사람은 이제 오지 않을 거예요. 아이를 가졌거든. 아이를."

"그런데 왜 기다리는 거예요?"

"기다린다니. 그 사람이 빠져나간 뒤 텅 비어버린 시간을 메울 다른 일을 아직 찾지 못한 것뿐이야."

남자의 말은 지나치게 문학적이다. 이런 문장은 신문 기사에 쓸 수 없다. 나는 머릿속으로 남자가 한 말에 빨간 줄을 긋는다.

검은색 승용차 한 대가 지나가며 벤치에 앉아 있는 우리를 비춘다. 나는 빛바랜 갈색 코트에 짙은 버건디빛이 도는 체크무늬 머플러를 두르고 앵클부츠를 신고 있고, 남자는 검은색 바람막이에 연회색 면바지를 입고 낡은 캔버스화를 신고 있다. 남자가 돌연 손을 뻗어 내 손을 잡는다. 남자의 손은 뼈가 굵고 피부가 거칠고 따뜻하다. 나는 남자의 손을 뿌리치고 달리기 시작한다. 달리면서 처음 들어가본 아파트 단지는 생각보다 넓다. 높이 자란 나무와 우거진 수풀 그리고 길고양이가 많다. 이따금씩 새소리가 적막한 공기를 훑고 지나간다. 나는 아파트가 아니라 숲 한복판을 헤매는 중인 것만 같다. 아파트 벽의 페인트칠이 벗겨진 탓에 동마다 이름이 다르다. 나원맨션이거나 낙원맨션이거나 낙운맨션이거나 닉원맨션이거나 ㄴ원맨션이거나 ㄴㅇ맨션이거나 낙ㅇ맨션이거나 ㅇ원맨션이거나……. 이곳에서라면 일부러라도 길을 잃어야 할 것 같다. 어쩐지 그것이 이곳에 대한 예의인 것 같다.

CCTV를 사는 것은 처음이다. A사에서 나온 것은 5만 9000원이고 B사에서 나온 것은 3만 4000원이다. 그리고 C사에서 나온 것은 9만 7000원이다. 나는 세 개를 차례로 집어들고 포장박스 뒷면에 적힌 기능과 사용 방법을 꼼꼼히 읽은 뒤 내려놓는다. A사에서 나온 것은 삼백육십 도 수평 회전이 가능하고, C사에서 나온 것은 삼백육십 도 수평 회전이 가능한데다 온

도와 습도를 측정하는 센서가 달려 있다. 나는 B사의 CCTV를 계산대로 가져간다. 집을 나서기 전 동생 방문이 보이는 위치에 CCTV를 설치한다. 동생이 CCTV를 발견하자마자 집어던진다고 해도 상관없다. 내가 알고 싶은 것은 내가 집을 비웠을 때 동생이 방문을 열고 나오는지, 나오지 않는지 그것뿐이다. 동생은 고등학생이 되던 해에 개명했다. 개명 전 이름은 김미란이었다. 동생은 초등학생과 중학생 시절 내내 썩은 계란이라는 별명으로 불렸는데, 왜 더이상 누구도 이름으로 별명을 지어 부르지 않는 고등학생이 되어서야 개명했는지는 오로지 동생만 아는 일이지만 물어본 적은 없다. 내가 집을 비운 동안 동생이 잠시라도 방문을 열고 나오는지, 나오지 않는지는 아직 알 수 없지만 내가 집에 있으면 동생이 하루종일 방 밖으로 나오지 않고 방 안에만 있다는 것은 확실히 안다. 퇴근하고 돌아오면 집의 모든 불은 꺼져 있다. 주방도, 화장실도 사용한 흔적 없이 고요하고 태평하다. 동생은 납득되지 않는다고 했다. 무엇이 납득되지 않느냐고 했더니 모든 것이 납득되지 않아서, 납득되는 것이 아무것도 없어서, 뭐가 납득되는지, 않는지를 말할 수 없다고 했다. 그러니까 아침마다 같은 시간에 눈을 뜨고 몸을 일으키는 일도, 밥을 차려 먹고 양치질을 하고 머리를 감고 말리고 옷을 골라 입고 집 밖으로 나서는 일도, 버스 정류장까지 걸어간 뒤 버스를 타고 목적지를 향해 가는 일도, 그리고 사람들을 만나고 말하는, 모두가 아무렇지 않게 해내고 사는 모든 일이 도저히 아무렇지 않게 느껴지지 않는다고 했다. 오로지 살아 있기 위해서 매일매일 반복해야 하는 모든 일이 부자연스럽게 느껴진다고 했다. 살아 있다는 것이 죽어 있는 것보다 자연스러운 일로 도저히 느껴지지 않는다고 했다. 그것이 동생이 방에 들어가 방문을 걸어 잠근 까닭이다. 나는 잠긴 동생의 방문을 지나 현관문을 열고 나간다. 등뒤에서 현관문이 잠긴다.

H선배가 돌아가고 내 자리가 모처럼 비어 있다. 나는 자리에 앉는다. 그리고 가방에서 다이어리를 꺼낸다. 다이어리는 며칠 전 은행에서 계좌를 개설하며 받은 것이다. 다음달이면 첫 월급이 들어온다. 나는 아직 숫자가 찍히지 않은 공란을 바라보는 일이 좋다. 황량하리만큼 새하얀 백지를 눈앞에 두고 있으면 길을 잃어도 된다는 허락을 받은 듯 마음이 가볍다. 나는 다이어리를 포장한 비닐을 뜯고 표지에 내년도 숫자가 적힌 다이어리를 펼친다. 아직 새해가 되려면 한참 남았지만 나는 들뜬다. 다이어리에는 내년 일 년의 날짜, 삼백육십오 개의 각기 다른 날짜가 적혀 있을 터다. 그런데 왜인지 삼백육십오 개의 낱장마다 같은 날짜가 쓰여 있다. '불량품이니 바꿔달라고 요청하는 게 맞겠지만 이건 내가 값을 지불하고 구매한 물건이 아니기에 교환을 요청해도 되는 걸까.' 그런 고민을 하며 낱장을 아무리 넘겨도 날짜는 바뀌지 않는다.

창밖에 남자와 개는 없고 웬 여자가 벤치에 앉아 있다. 헤링본 패턴 재킷에 청바지를 입고 러닝화를 신은 여자는 책을 읽고 있다. 얼마 뒤 한 남자가 나타난다. 남자는 검은색 바람막이에 연회색 면바지를 입고 낡은 캔버스화를 신고 있다. 남자가 여자 옆에 앉는다.

"사실, 동구를 버린 것은 나예요."

"알고 있어요."

"견딜 수가 없었어요. 누구에게도 말하지 못하는, 떳떳하지 못한 내 모습을."

"알아."

"나를 원망하니?"

"아니."

"원망해도 돼."

"아이는 잘 있니?"

"응. 유치원에 다녀."

"벌써 그렇게 됐구나. 많이 컸겠구나."

"응. 클수록 아빠를 닮아가."

"혹시."

"아니야."

"그래."

"우리 그거 하자."

"그거?"

"꽃."

"아."

"꽃."

"밭."

"에."

"는."

"꽃."

"들."

"이."

여자와 남자가 한 글자씩 번갈아가며 노래를 부른다.

모, 여, 살, 고, 요, 우, 리, 들, 은, 유, 치, 원, 에, 모, 여, 살, 아,
요, 우, 리, 유, 치, 원, 우, 리, 유, 치, 원, 신, 나, 고, 즐, 거, 운, 우,
리, 들, 의, 꽃, 동, 산.

노래를 끝낸 여자와 남자는 어느새 얼굴에 미소를 띠고 있
다. 한 번도 지은 적 없는 편안한 미소다.

여자는 손바닥을 펼쳐 다소곳이 쏟아지는 햇빛을 받아낸다.
여자는 봄바람의 움직임을 따라 꽃잎처럼 가볍게 춤을 춘다.
꽃잎들이 여자의 몸을 감싼다. 여자의 몸짓을 따라 꽃잎들도
흩날린다. 여자와 꽃잎을 따라 남자도 흐느끼듯 춤을 춘다. 남
자가 여자를 뒤에서 안는다. 여자가 동작을 멈춘다.

"그만해."

"왜 그만해."

"더이상 죄인으로 살고 싶지 않아."

"나는 당신을 죄인이라고 생각한 적 없어. 봐봐. 나는 이렇게 당신 곁에 있잖아. 당신이 어떤 모습이든, 있는 그대로의 당신을 봐줄 사람은 나밖에 없어."

"아니. 그 말이 진짜라면 당신은 날 잡아두지 않았을 거야. 당신이 앞을 보지 못하는 이유를 나에게서 그만 찾아."

"엄마."

어디선가 어린아이의 목소리가 들리고 여자는 꿈에서 깬 듯 목소리가 들리는 쪽으로 뛰어간다. 남자는 애써 그쪽을 보지 않는다. 허공을 날아다니던 꽃잎들이 흩어지며 남자의 발아래에 떨어진다. 바닥에 내려앉지 못한 꽃잎들이 바람 따라 날아와 창문을 뒤덮는다. 짧은 비명이 들린다. 아이 우는 소리와 개 짖는 소리가 동시에 들린다. 이윽고 거센 돌풍이 휘몰아친다. 꽃잎이 다시 바람에 날려 흩어진 뒤 드러난 창밖의 풍경. 벤치에는 끝이 날카로운 칼 한 자루가 놓여 있다. 쌓여 있던 꽃잎들이 바람 따라 뿔뿔이 흩어진 뒤 땅바닥에 점점이 찍혀 있는 핏자국이 보인다. 언뜻 꽃잎처럼 보이지만 꽃잎처럼 부유하지 않는, 꽃잎을 꼭 닮은 새빨간 핏자국이.

가는 날은 늘 봄날이다. 누구나 떠날 때는 봄을 두고 떠난다. 누군가 떠난 뒤에 남겨지는 것은 언제나 봄이다. 모든 비극이 결말에서부터 시작되는 까닭이다. 후. 길게 심호흡한다. 핏자국인 줄 알았던 꽃잎들이 허공에 뿔뿔이 흩날린다.

꽃잎은 벤치 아래에 누워 있는 개의 몸에 부드러이 내려앉는다. 꽃잎을 이불처럼 덮은 개의 표정은 고요하고 태평하다.

사무실에 와서 가장 먼저 하는 일은 창문을 여는 일이다. 창밖으로는 회색 바리케이드가 바라보인다. 바리케이드 너머에서 일어나는 일은 아무것도 알 수 없다. 어떤 사람들이 오가는지. 어떤 사람들이라도 오가기는 하는지. 나는 바리케이드 안쪽에 있는 아파트에서 태어나 이후 사십 년 내내 그곳에서 줄곧 살았다는 사람을 안다. 그 사람은 영영 찾아오지 않을 것 같던 끝을 어떻게 맞이하고 있을까. 창밖은 어두워지고 가로등은 깜박인다. 바리케이드 위로 솟은 나뭇가지 사이로 구름이 유유히 흘러간다. 아무것도 걸리지 않고, 아무것에도 걸리지 않고. 집에 돌아가면서 가장 마지막으로 하는 일은 창문을 닫는 것이다. 창문을 닫으면 눈앞의 모든 일이 사라진다. 내가 기억하지 않는 한 일어나지 않은 일이 된다.

사무실에서는 시간이 유독 더디게 흐른다. 문득 시계를 보려다가 사무실 어디에도 시계가 없다는 것을 깨닫는다. 사무실 벽은 온통 하얀색 페인트칠이 되어 있고, 군데군데 낙서나 손자국, 포스트잇 같은 것이 눈에 띄지만, 그런 것이 마치 시간의 징후처럼 찍혀 있지만, 아무리 둘러보아도 시계는 없다. 시계만이 아니다. 사무실에는 아무도 없다. 눈앞이 글자 그대로 새하얗다.

평소에는 사람들로 북적이는 일상적인 장소가 텅 비어 혼자 남겨져 있을 때 사람은 공포에 가까운 어마어마한 적막감을 느낀다고 한다. 나밖에 없는 공간에서는 도리어 길을 잃기 쉽다. 그러므로 어떤 사람이든 결국 주변 사람들을 좌표 삼아 살아갈 수밖에 없다. 그것이 비극이라면 비극은 인간 세상의 순리다. 나는 시간을 확인하지 못한 채 서둘러 사무실을 빠져나간다. 한나절 만에 반평생이 흐른 듯 아득하다. 집으로 돌아갈 때쯤이면 나는 늘 얼떨떨한 기분에 사로잡혀 터덜터덜 걷는다. 덧창을 닫으며 나는 오늘 내가 본 것을 모두 창 안쪽 어둠 속에 가둔다. 오늘 본 것들이 마치 언젠가 지나간 TV 화면에서 본 장면처럼 눈꺼풀 안쪽에서 떠올랐다가 사라지고, 떠올랐다가 사라진다. 나는 그 장면을 창밖으로 꺼내지 않을 것이다. 기억으로 기록하지 않을 것이다. 기록으로 남는 순간 모든 일은 과거가 되기 때문이다. 그런 의미에서 세상에 존재하는 모든 사진은 영정 사진이다. 이제 그들은 창밖 무대에 영영 등장하지 않을 것이다. 무대 밖에서 아무렇지 않게, 아무 일도 없었다는 듯 살아가야 하므로. 나는 집으로 돌아가 벽장을 열고 오늘의 기억을 가둘 것이다. 그러기 위해 나는 집으로 돌아가는 걸음을 재촉한다.

집으로 돌아와 내가 먼저 하는 일은 CCTV에 녹화된 영상을 재생하는 것이다. 집은 늘 그랬듯 고요하고 태평하다.

CCTV는 동생 방문이 비스듬히 바라보이는 위치에 놓여 있다. 마치 평생 동안 눈을 감지 못하는 형벌을 받은 것처럼 검은 렌즈를 벌리고 있다. 나는 정지 버튼을 누른 뒤 녹화된 영상의 재생 버튼을 누른다. 녹화가 시작된 지 한참이 지나도록 동생의 방문은 열리지 않는다. 주방 창으로 햇살이 넘어오고 먼지가 떠다니고 그림자가 길게 몸을 누웠다가 햇살의 면적을 조금씩 뒤덮는 것을 나는 한순간도 놓치지 않고 바라본다. 하루종일 미동도 없던 방문 손잡이가 아주 조금 돌아가려던 찰나 화면에 누군가 등장한다. 집에 막 들어온 누군가는 지체 없이 카메라로 다가온다. 화면에 등장한 사람이 카메라를 향해 손가락을 뻗는 것으로 영상은 끝난다.

눈은 왜 바깥을 향해 열려 있을까. 눈이 안에 있는 것을 볼 수 있다면 곧바로 눈을 감고 싶을 것이기 때문이다. 한순간도, 단 한순간도 눈을 뜨고 앞을 보고 싶지 않을 만큼 비루하고 초라할 것이기 때문이다. 눈으로 볼 수 없는 것을 눈으로 보는 것만큼 끔찍한 비극도 없을 것이기 때문이다.

나는 CCTV를 높이 들어올린 뒤 곧바로 바닥에 집어 던진다. CCTV가 산산조각이 난다. 안에 있는 어떤 장면도 빛을 보지 못한 채 한순간 산산조각으로 흩어진다.

물왕멀

올봄 옆집 순미 이모가 죽은 뒤 복순이는 문턱을 넘어오지 않았다. 문 안쪽을 기웃거리다가도 정작 문을 열어주면 뒷걸음질로 달아나곤 했다. 복순이는 마을을 돌아다니는 길고양이인데, 작년 겨울부터인가 순미 이모 뒤를 따라다니더니 순미 이모 집에 아예 터를 잡은 듯했다. 순미 이모가 문을 열고 들어올 때만 복순이도 이곳에 발을 들였다. 복순이가 순미 이모에게 곁을 주자 순미 이모는 복순이에게 복순이라는 이름을 지어주었다. 순미 이모가 죽은 뒤에는 문 앞에 놓인 밥그릇의 사료만 먹고 돌아갔다. 순미 이모가 죽고 순미 이모의 가족들이 찾아와 집을 비우고 간 뒤에도 복순이는 순미 이모가 살던 집을 떠나지 않고 머물렀다. 얼마 전에는 새끼를 낳았는지 양철지붕 위에서 새되고 여린 울음소리가 들렸다.

어느 날 복순이가 고개를 빼고 안을 들여다보기에 다가가 문을 열어주었더니 어쩐 일인지 열린 문 안으로 살금살금 들어왔다. '순미 이모가 왔구나.' 바닥을 쓸다가 뒤를 돌아보니 그새 순미 이모가 소파에 기대앉아 있었다.

"이모야, 나 물 좀."

두 눈을 질끈 감은 순미 이모가 그렇게 말했다.

순미 이모가 왔었다는 이야기를 이나에게 하니 이나는 "그래? 뭐라던?" 하고 되물었다. 정신이 나갔느냐는 둥 아니냐는 둥의 말을 하지 않아서 나도 딱히 무어라 대꾸할 말이 없었다. 그래서 그냥 냄새에 대한 이야기를 했다. 순미 이모에게서 여전히 냄새가 났다고. 마을의 냄새가.

마을의 안과 밖을 가르는 것이 있다면 다름 아닌 냄새였다. 마을 안으로 들어왔음을, 그리고 마을 밖으로 나왔음을 알리는 것은 냄새였다. 많은 것이 떠나거나 사라지거나 달라진 뒤에도 가장 마지막까지 남는 것은 냄새일 터였다. 사람과 동물의 배설물, 음식물 쓰레기 등이 한데 뒤섞여 풍기는 냄새 같기도 했지만 사람 사는 동네 어디서나 나는 흔한 악취라기에는 조금 묘한 냄새였다. 처음에는 노인의 몸에서 나는 냄새라고 생각했다. 살아생전 외할머니 몸에서 풍기던 응축된 시간의 냄새와도 비슷했지만 그보다도 농도 짙은 냄새였다. 오랜 시간 동안 풍화되지 못한 죽음의 냄새가 아닐까 생각했다. 사람의 몸이 썩어가며 시취를 남기듯 마을도 마찬가지일 것이라고. 하지만 죽은 몸이 부패하며 풍기는 냄새와는 달랐다. 죽음과 생을 한 몸에 그러안은 채 살아가는 집들의 냄새였다. 죽음과 생에 거듭 자리를 내주어 생긴 고유한 냄새였다. 골목을 수없이 오가며 낯설던 풍경이 일상이 되었는데도 냄새에는 익숙해지지 않았다. 칠월이 되어 여름이 돌아왔음을 알려준 것도 지난여름의 냄새였다.

이나와 내가 마을 작업실에 들어온 지도 딱 일 년이 되었다. 이 마을은 1960년대에 형성된 성매매 집결지였고 우리가 머물고 있는 작업실도 1968년에 지어져 성매매업소로 쓰이던 집을 개조한 공간이었다. 이나는 마을의 현재 모습을 기록해줄 손을 필요로 했고 나는 어디든 집 밖의 공간이 필요했다. 주저하면서도 이나를 따라 마을에 온 것은 도망칠 곳이 필요했기 때문이다. 재생사업을 둘러싼 잡음으로 마을 안팎이 시끄럽다는 말을 들었지만 정작 마을 안은 조용하기 그지없었다. 골목 어귀에서 나를 맞이한 이나를 따라 들어간 더 좁은 골목에 우리의 작업실이 있었다. 지붕 안쪽을 헐어 천장을 높였지만 문틀은 여성의 평균 키를 웃도는 내 키를 겨우 넘는 높이였다. 마을의 다른 집과 마찬가지로 이곳 역시 유리방 형태였다. 마을이 생겨날 때만 해도 여인숙 형태로 운영되던 것이 1990년대들어 호객행위가 금지되면서 유리방 형태로 바뀌있다고 했다. 담벼락 아래 의자에 앉아 손님을 기다리던 여자들은 거울 앞

스툴에 앉아 들어오는 손님을 맞았다. 유리방으로 바뀐 뒤 생겨난 것은 또 있었다. 비밀과 소문이었다. 비밀과 소문은 거울과 커튼을 통해 전해졌다. 어느 유리방이든 꼭 있는 두 가지가 바로 거울과 커튼이었는데, 거울로는 나를 볼 수 있었고 커튼 뒤에 있는 것은 볼 수 없었다. 화장대 위에는 장난감 같은 색조 화장품과 헤어스프레이, 헤어롤 따위가 아무렇게나 놓여 있었다. 손을 뻗으면 닿을 거리였다. 잠시 멈추어 서서 불 꺼진 유리방 안을 들여다보았지만 아무도 커튼 밖으로 나오지 않았다. 걸음을 재촉해 골목을 빠져나왔다. 누군가 뒤에서 잡아당기는 느낌에 뒤돌아보니 아무도 없었다. 나는 오늘도 유리문을 넘지 못했다.

골목을 지날 때마다 뒤따라오던 느낌의 정체는 냄새였을 것이다. 이나에게 냄새에 대해 물었지만 별다른 대답이 없었다. 이나는 상자에 담긴 물건을 하나씩 집어 먼지를 닦아내고 사진을 찍은 뒤 노트에 목록을 써내려갔다. 이목구비가 반듯하지 않은 캐릭터 인형과 귀퉁이에 잔금이 간 손거울, 철 지난 달력과 패션 잡지, 색 바랜 립스틱 등. 조화가 꽂힌 디퓨저 향은 완전히 날아가지 않았다. 나 역시 유리벽 너머에서 보았던 것들과 다를 바 없었다. 손을 뻗으면 닿을 거리에 있었으나 손을 뻗지 않았기에 손에 닿지 않았던 것들. 이나는 마을을 돌아다니며 물건들을 수집하는 중이었다. 순미 이모가 죽은 뒤부

터였다. 순미 이모의 가족들이 유품을 정리해 돌아간 뒤 순미 이모 집에 들어가보니 그곳에는 이모가 오랫동안 모아온 주인 모를 물건들이 아무렇게나 널브러져 있었다. 이나는 그것을 유심히 바라보더니 순미 이모가 끌던 리어카에 담아 작업실로 날랐다. 그리고 그때부터 마을의 빈집들을 들락거리며 버려진 물건을 주워오기 시작했다. 순미 이모가 그랬듯이 말이다. 이나가 버려진 물건들에서 찾는 것은 무엇일까. 그 물건들을 소유하거나 사용했던 이들의 역사 내지는 내력 같은 것? 버려진 물건들로 구현해낼 삶은 진짜 삶과 얼마나 닮아 있을까. 이나가 모으는 것은 사물들만이 아니었다. 그녀는 하루종일 골목을 돌아다니며 내 눈에는 별다를 것 없어 보이는 풍경들을 몇 장씩 사진을 찍고 만나는 사람들마다 말을 걸고 그들의 말을 들었다.

"지연분식과 길커피 사이 도로에도 원래 업소가 있었대."

이나는 누군가에게 들은 이야기를 나에게 툭툭 던졌고 나는 그녀가 전해준 이야기의 조각들을 끼워맞추어 마을 안팎의 옛 풍경을 상상해보려 했다. 하지만 번번이 실패했다. 대로 건너 시청 자리에는 기차역이 있었고, 대로에는 기찻길이 놓여 있었고, 철둑 양옆으로는 천이 흐르고 있었고. 뭐 그런 이야기들은 막상 골목 밖으로 나오는 순간 하얗게 잊혔다. 그것이 변화의 본질이 아닐까 생각했다. 철로는 대로가 되고, 둑 너머는 시청 뒤가 되고, 여인숙은 유리방이 되고. 집이 아니었던 터가 집이 되고, 길이 아니었던 땅이 길이 되고. 한 번 무엇이 되면 무엇이 되기 전의 모습은 잘 떠오르지 않았다. 오래전부터, 그러니까 내가 이 마을을 알기 훨씬 전부터 마을은 끊임없이 무언가 다른 곳이 되어가고 있었는데, 무언가가 된 후의 모습이 그려지지 않듯 무언가가 되기 전의 모습이 그려지지 않는 것은 당연하다고 생각했다. 이곳에 처음 왔던 작년 여름 매일같이 보던 풍경과 그때 받은 인상이 벌써 떠오르지 않듯 말이다. 처음 이곳에 오고 몇 달이 지날 때까지 작업실 건너는 공사중이었고 골목의 절반을 잘라낸 바리케이드가 창밖의 시야를 가로막고 있었다. 그 때문에 골목은 시간이 비집고 지나가기에도 좁아 보였다. 창밖을 내다볼 때마다 시간이 흐르지 않는 것 같다는 생각을 했다. 진짜로 시간이 흐르지 않게 되면 공간이나 인간의 움직임이 멈출 테고, 그렇게 모두가 정물이 되어갈 것이라는 근거 없는 상상을 하며 시간을 보냈다. 그렇게라도 시간을 보내지 않으면 정말 시간이 정지될 것 같아서였다.

그러다 어느 날 비가 그치고 날이 개듯 회색 벽이 걷히고 새하얀 벽이 눈앞에 드러났다. 흙길이었던 골목에 벽돌이 가지런히 깔렸다. 나는 그동안 믿지 못했다는 것을 깨달았다. 바리케이드 너머에서 무언가가 탄생하고 있다는 것을, 곧바로 내 앞에 버젓이 존재하게 되리라는 것을 보이지 않으니 믿지 못했던 것이다. 나는 '안전제일'이라는 글자가 새겨진 띠를 넘어갔다. 빈 건물을 반 바퀴 돌아 반대편에 둘러진 띠를 넘어가니

지연분식과 길커피가 있는 골목에 이르렀다. 길커피의 유리문을 두드렸다. 처음 있는 일이었다.

***

　골목에 막 들어서자 냉장고가 길에 나와 있는 것이 보였다. 국숫집도 문을 닫는다더니 안을 정리중인 모양이었다. 국숫집과 작업실 사이 담벼락에는 '가정집'이라는 팻말이 붙어 있었다. 처음 이 골목에 왔던 날 눈에 띄어 사진을 찍어두었다. 골목을 가로질러 걸린 빨랫줄도, 그 줄에 걸린 티셔츠나 사각팬티 같은 빨래들도. 왠지 낯설면서도 왠지 정겨운 풍경이었다. 날이 갈수록 처음 느꼈던 생경함과 이질감은 사라지고 나는 이곳을 습관처럼 드나들고 있는지도 몰랐다. 내가 살아온, 그리고 살고 있는 동네와 별다를 것이 없는 곳이 되어가는데도 나는 아직도 유리문을 넘어가지 못하고 있었다.

　비가 오거나 흐린 날이면 바로 옆 국숫집에서 물국수를 시켜 먹었다. 소면을 넉넉히 담은 그릇에 채 썬 애호박과 양파를 넣은 멸치육수를 붓고 들깻가루를 듬뿍 올린 것이었는데, 맛이 깊고 진했다. 여름이 시작되자마자 연일 비가 내렸고 양철 지붕을 때리는 빗소리가 거세지면 천장에서 조금씩 비가 샜다. 빗방울이 떨어지는 위치를 찾아 처음에는 테이크아웃 컵을, 그다음에는 페인트 통을, 마지막에는 빨간 대야를 바닥에 받쳐놓았다. 이 마을의 도로명은 물왕멀인데, '물이 많은 동네' 혹은 '물이 좋은 동네'라는 뜻의 옛 지명에서 따왔다고 했다. 그래서 비가 많이 내리는 것일까 하고 잠시 생각했다. 사실 마을 밖 어느 지역에나 비가 많이 내리는 것은 마찬가지일 텐데, 나는 이곳을 비가 많이 내리는 마을로 기억하게 될 것 같았다.

국수 이모는 이따금씩 작업실에 들러 휴대전화와 숫자가 적힌 쪽지를 내밀면서 연락처가 바뀐 이의 새로운 전화번호를 저장해달라거나 죽은 이의 연락처를 삭제해달라고 부탁하곤 했다. 순미 이모가 떠난 지 오래지 않은 어느 날은 용건 없이 들어와 순미 이모가 늘 앉던 소파에 앉았다 가기도 했고, 비 오는 날이면 훈김이 오르는 국수가 담긴 쟁반을 테이블에 올려놓고 맞은편 의자에 앉아 앞뒤 잘린 말들을 늘어놓곤 했다.

"갸가 그때만 해도 인물이 참 예뻤어. 여기 사람 같지 않았어."

순미 이모 이야기였다. 순미 이모는 내림굿을 받은 무당으로 삼십 대에 이 골목에 들어와 허름한 방 안쪽에 신당을 차리고 신을 모셨다. 하지만 점을 보러 온 손님은 본 적이 없다고 했다. 성매매업소에서 밤새 내다버린 알루미늄 캔이나 파지를 주워 팔다보니 여자들이 알아서 상자를 모아주곤 했다. 그렇게 고물을 주워 파는 일로 돈벌이를 하고 살았다. 볕 좋은 날이면 골목에 자리를 깔고 앉아 파나 마늘을 다듬던 국수 이모는 작은 체구로 리어카를 끌고 옆을 지나는 순미 이모를 불러 세워 차도 마시고 이야기도 나누곤 했다. 나중에 들은 소리가

"동네 사람들이 다 모르는 척하는데, 아는 척해줘서 고마웠다"
라는 말이었다. 그러다 교통사고로 마을을 떠난 것이 올봄의
일이었다.

　"갸도 이런 장삿집에서 일이나 했으면 덜 고생하다 갔을 텐
데. 순미네 집 앞을 지날 때마다 이 사람이 돌아오지 못할 죽은
사람인 것 같지 않고, 언제고 돌아올 사람 같아."

　국수 이모는 장사를 시작한 이래 수십 년 동안 마을을 떠나
는 사람을 수없이 보았을 것이다. 그중에서 돌아온 사람은 몇
명이나 될까. 사람이 들고 떠나고 돌아오는 순환의 굴레, 그 어
느 지점에서 누군가와 마주앉아 그가 말아준 국수를 먹고 죽
은 누군가를 동시에 기억하는, 그런 별일 아닌 일들이 새삼 별
일처럼 느껴졌다.

　시집온 뒤 내내 살림만 하던 국수 이모는 마흔 즈음에 마을
에 들어와 조그만 초가집에 자리를 잡고 음식 장사를 시작했
다고 했다. 맥주 한 병에 2000원을 받고 곰장어나 닭똥집 같은
야식을 팔다가 근처 공사장 인부들에게 아침, 점심, 저녁 세 끼
를 차려주게 되었다. 그러다 낮에는 백반 장사, 밤에는 야식 배
달로 입소문이 났다. "이모네 밥은 집밥이다. 장삿밥 아니다"
라고 하며 찾는 여자들이 늘었고 덩달아 손맛도 늘었다. 한동
안은 주문이 밀려 전화를 못 받을 정도였는데, 한두 시간이 걸
려도 기다리겠다는 여자들이 많았다. 사람 정이 그리운 여자
들은 서울로, 제주로 떠난 뒤에도 가끔 전화를 걸어와 고추 좀

무쳐서 보내 달라고 청한다고 했다.

그렇게 마을에서 살아온 지 이십 년이 넘었다. 국수 이모는 바로 다음 주에 마을을 떠난다고 했다. 마을 성매매업소들이 하나둘 폐업하면서 세 곳 남짓 남았는데, 그나마도 제대로 영업을 하는 것 같지 않은 모양이었다. 국수 이모는 가게를 접고 집으로 들어가 쉴 것이라고 했다. 멀리 가시냐고 물었더니 그것은 아니라면서 처음 들어보는 지명을 말했다. 어쩐지 오래전 사라지고 지금은 없는 옛 마을의 이름처럼 아득하게 들렸다. 나는 알던 사람이 죽는다는 것과 어딘가 먼 곳으로 가서 자주, 어쩌면 다시는 볼 수 없게 되는 것에는 어느 정도의 차이가 있을까에 대해 생각했다. 물론 생물학적인 죽음과 물리적인 이동은 실제로는 큰 차이가 있지만 감각적인 차원에서 그 두 가지를 구분하는 것이 가능할까 하는 생각. 마을은 그런 식으로 셀 수 없는 죽음을 겪어오지 않았을까? 마을에 몸을 붙이고 살던 이들이 마을을 떠나며 마을에 머물던 값으로 지불한 것은 다름 아닌 죽음의 기억이 아닐까. 마을에 잠시라도 다녀간 이들이라면 누구나 알겠지만 이 마을에는 죽음의 흔적이 흔했다. 죽음의 흔적은 달리 말해 누군가가 살다 간 흔적이기도 했다. 유독 이 마을에서는 죽음의 흔적과 삶의 흔적이 서로 등을 돌리고 있지 않았다.

이나는 새로 주워온 물건들을 유리문 바로 옆방 구석부터

쌓아두기 시작했다. 머지않아 방 한쪽이 가득차며 방에는 구석이라는 공간이 사라졌다. 물건이 늘어갈수록 작업실은 비좁아졌다. 작업실을 들고 날 때마다 새로 들여놓은 상자에 발이 치이곤 했다. 때때로 상자의 물건들끼리 서로 부딪쳐 달그락거리는 소리가 났고 그때마다 손이나 귀가, 어쩌면 가슴 안쪽의 어떤 곳이 멈칫했지만 이나는 그런 것에 아랑곳하지 않는 듯했다.

"이런 걸 어디에 쓰게?"

이나는 각각의 물건이 지닌 기억을 끄집어낼 것이라고 했다. 물건에 담긴 마을의 삶과 역사를 한곳에 모아 마을 밖 사람들과 공유할 것이라고 했다. 우리가 처음 왔을 때 이미 마을의 반절가량은 폐허 직전이었다. 유리벽마다 붉은 스프레이로 폐업, 철거, 임대, 매매 같은 글자들이 큼직하게 적혀 있었다. 폐점된 지 오랜 시간이 지나도록 방치되어온 집들도 많았다. 이나는 마을의 뼈대를 이루는 좁다랗고 가느다란 골목골목을 돌아다니며 나무 문틀이 삭고, 지붕 한쪽이 무너지고, 벽지가 뜯겨나간 방 안을 샅샅이 뒤지고 다녔다. 나는 이나가 진행하는 아카이브 작업의 의미를 헤아리기 어려웠다. 왜 죽었거나 죽어가고 있는 것들을 그냥 죽어가게 내버려두지 않고 되살려야 하는지 묻고 싶었다. 죽었거나 죽어가고 있는 것들이 원하는 것이 정말 다시 살게 되는 것이냐고 묻고 싶었다. "고쳐서 다시 살리고, 고쳐서 다시 살리며 생을 거듭 이어가는 동안 애도

받지 못한 죽음들만 겹겹이 쌓여가는 것 아니냐고." 이런 말을 이나에게 하지는 않았다.

이나가 과거의 흔적을 찾는 데 열을 올리는 동안 나는 지금 이곳의 공기를 몸으로 감각해보려 했다. 나는 골목골목을 돌아다녔고, 냄새를 맡았고, 개 짖는 소리나 비가 오는 소리나 바람이 불며 나뭇잎을 흔드는 소리나 사람들의 목소리를 들었다. 말소리가 아닌 목소리였다. 그러려고 그런 것은 아니었고 언제부터인가 사람의 말을, 그러니까 언어를 듣는 것이 어려워졌기 때문이다. 일종의 실어증인지도 몰랐다. 잘 들리지 않으니 잘 써지지 않는 것은 당연했다. 그것을 핑계로 글 쓰는 일을 미루어온 것이 몇 달째였다.

미림촌의 유래는 일제강점기에 설치된 유곽에서 비롯되었다. 기차역 앞 여관에서 행해지던 '색시 장사'는 기차역이 사라진 뒤에도 살아남았다. 주변 건물들을 부수고 짓기를 수십 번 하는 동안에도 마을은 꿋꿋이 제자리를 지켰다. 그로부터 반세기도 훨씬 지난 현재 미림촌은 마을 밖의 지역과 공간이 아닌 시간이 다른 마을이 되었다.

내가 쓸 수 있는 것은 고작 이런 말이었다. 마을의 역사가 기록된 자료에 의지해 써내려간 글에서는 어쩐지 마을의 냄새가 나지 않았다. 물이끼가 낀 어항처럼 뿌연 화면을 들여다보고 있으면 자주 졸렸고 눈이 감겼다. 노트북을 켜놓은 채 졸다 눈을 떠보면 언제 썼는지 기억나지 않는 문장들이 몇 줄 적혀 있곤 했다. 또 설핏 잠이 들었다가 유리문에 달린 종소리가 들려 눈을 떴는데, 창가 쪽 벽에 복순이가 두 발을 얌전히 모으고 앉아 있었다. 순미 이모가 또 왔구나. 순미 이모는 종종 그랬듯 낮부터 술에 취해 있었다. 술을 많이 드셨느냐고 물어보니 소주 세 병을 마셨다고 했다. 밥은 드셨느냐고 물어보니 어제부터 안 먹었다고 했다. 술은 드시면서 밥은 왜 안 드시느냐고 하니 나는 이래도 안 죽는다고 했다. 그러면서 소매를 걷고 팔뚝에 남은 자해 흔적을 보여주었다. 웃옷을 걷고 가슴 아래부터 아랫배까지 난 칼자국을 보여주었다. "이래도 안 죽어." 냉장고에서 생수를 꺼내 건네니 내 손을 덥석 잡았다. "나랑 손금이 똑같네. 내 새끼네. 찾았네, 내 새끼. 우리 새끼, 엄마가 미안해, 이리 와, 안아보자. 엄마라고 해봐." 순미 이모가 나에게 안기더니 내 몸에 얼굴을 비비며 울었다.

***

 "철조망으로 감금했다느니, 어쩌느니 그거 다 거짓말이야. '이모 마트 갔다 올게요, 옷 좀 사고 올게요' 하고 소개소랑 짜고 도망간 애들도 많고 돈 번 애들도 많아. 번 애들은 벌고, 못 번 애들은 못 벌고. 다 그렇지. 그래도 여기같이 좋은 데 없다고 했어. 내 자식보다 잘 먹이면 잘 먹였지, 못 먹이진 않았어. 반찬 있는 거 없는 거 다 해서 먹이고. 그렇게 잘 해줬는데도 떠나면 냉정한 것들이 많다니까."

담배를 한 모금 빨아들인 여자가 낮은 숨을 뱉어냈다. 연기가 여자의 목을 통과하며 내는 마찰음이 녹음 파일로도 선명히 들렸다. 여자는 장사를 그만둔 뒤에도 그 집에서 살고 있다고 했다. 칸칸이 방을 나누던 벽을 터서 안방을 넓히고, 퀸 사이즈 침대를 들이고, TV를 놓고, 그곳에서 밥을 해서 먹고, 잠을 자고, 화분에 물도 주며 지낸다고 했다. 이나가 찍어온 사진들 중에 여자의 얼굴이 나온 사진은 없었다. 여자의 말을 어디까지 받아 적어야 할까. 어디까지가 진짜 있었던 일이고, 어디부터가 지어낸 말일까. 재생 버튼을 눌러 처음부터 다시 들었지만 알 수 없었다.

"지금은 뭐 해?"

"뭐 안 해."

"왜 아직 여기 있는데?"

"여기가 집이니까."

지금까지 마을에 남아 있는 이들에게 이곳은 의미 그대로 '집'이라고 했다. 자고 먹고 싸고 씻고 TV 보고 울고 말하고 싸우고 웃고 안고 화해하고 다들 그러듯이 그러는 공간.

"뭔가 다른 걸 보려고 하지 마. 보이는 걸 봐."

이나의 말대로 나는 무언가 다른 것을 보려고 하는 것일까.

다르다는 것은 무엇인가. 무엇과 다르다는 것인가. 이곳은 다른가, 다르지 않은가. 다르게 보아야 하는가, 다르게 보지 않아야 하는가. 그런데 다르게 보는 것이 잘못된 것일까. 다르게 보되 '다르다'는 말로 끝낼 것이 아니라 무엇이 다른지, 어떻게 다른지를 보아야 하지 않을까. 다르게 보지 않아야 하는 것은 다름 아닌 다름 자체가 아닐까. 이나가 재생 버튼을 눌렀다. 여자의 목소리가 다시 들렸다.

"다른 업주들하고? 허물없이 속없는 이야기하고 그러진 않았어. 세상이 어떤 세상인데, 뒤돌아서면 남인데. 뭐 그이들도 다 이사 갔지. 저기 경기도, 경상도로 간 사람도 있고. 어디서 치킨집 장사한다는 사람도 있고."

목소리만으로는 여자의 얼굴이 잘 그려지지 않았다. 여자가 사는 집도, 이나에게 내주었다는 설탕 뿌린 토마토와 딸기맛 요플레도. 하물며 여자가 들려주는 기억 속 이야기들이 와닿을 리 없었다. 기차역도, 도랑도, 잠옷을 입은 채 밥상 앞에 앉은 여자들도, 새벽이슬 내릴 무렵 리어카를 끌고 굴곡진 골목을 오가며 속옷이나 화장품을 팔던 장사꾼들도. 빈 하늘에 구름으로 그린 그림처럼 허공 위에 둥둥 떠다녔다.

팔월이 되고서 복순이가 낳은 새끼들이 골목에 나와 뛰어다니기 시작했다. 밥그릇 하나에 고개를 파묻고 먹다가 사람 기척이 들리면 잽싸게 달아나곤 했다. 그러다 더운 날이 계속

되며 하나둘 모습을 감추더니 벽과 벽 사이의 틈 같은 데서 사체로 발견되었다. 그즈음 마을에는 못 보던 사람들이 늘었다. 그들은 폐업한 가게 안을 손보고 페인트칠을 새로 하더니 공방과 소품가게, 디저트가게, 베트남쌀국숫가게로 다시 문을 열었다. 먼 데서 흘러온 낯선 냄새가 공기 중에 옅게 섞였다. 어느 기관에서 진행하는 시범사업으로 성매매업소를 다른 업종으로 전환하기 위해 기획된 창업지원 프로그램이라고 했다. 골목을 지나던 행인들이 유리문 안을 흘긋 쳐다보고 지나갔다. 국수 이모도 집을 비우고 떠났다. 국숫집에 격자형 창살문이 닫히더니 자물쇠가 걸렸다. 이제 비가 오거나 흐린 날에도 국수를 먹을 수 없었다. 누군가의 떠남은 그런 것이었다. 양철 쟁반에 올려 나온 뜨끈뜨끈한 물국수를 먹지 못하는 것, 낮술을 마신 국숫집 아저씨가 연탄불에 구워주던 삼겹살을 먹지 못하는 것. 비가 오거나 흐린 날이면 습한 바람결에 멸치육수 냄새가 비릿하게 났다. 기억의 수명을 결정하는 것은 결국 감각이 아닐까 하는 생각을 했다. 바람이 부는 날에는 골목을 가로지른 빨랫줄에 빈 빨래집게만 흔들렸다.

오랫동안 비어 있던 길커피 옆 업소에도 카페가 들어섰다. 장마가 지나고 해가 쨍쨍 내리쬐는 날이 이어지면서 이나와 나는 길커피에 자주 갔다. 때때로 길사장 언니는 커피 값 대신 고양이 사료나 모래를 받았다. 길커피 안에는 고양이가 많았다. 하나, 둘, 셋……. 세어보려 했지만 고양이들이 가만히 있지 않고 쉴새없이 움직이는 통에 숫자를 다시 세고, 다시 세다 제대로 세지 못하고 그만두었다. 이미 사람 손을 탄 새끼고양이들은 사람 눈을 피하지 않고 물끄러미 올려다보았다. 길사장 언니는 원래 세상에서 고양이를 가장 무서워했다고 했다.

"언니들이 동물들을 좋아하거든. 언니들이 밖에 잘 못 나오니까 나한테 부탁해서 사료를 챙겨주기 시작했어."

길사장 언니는 초등학교 동창인 친구의 소개로 이 마을에 왔다고 했다. 처음 몇 년 동안만 해도 그녀를 남자아이로 착각한 언니들이 "꼬마야, 꼬마야" 하고 불렀다고 했다. 그때가 서른을 넘긴 나이였다고 했다. 마을 밖에서 알던 이들을 마을 안에서 종종 만났다고 했다. 친구의 아버지, 어제 결혼한 친구, 중학교 때 선생님, 동생의 친구까지. 밖에서는 길사장 언니를 두고 시집갔다, 이민 갔다, 감옥 갔다는 등의 별별 소문이 돈다고 했다. 아는 이들을 그토록 많이 만났음에도 불구하고 길사장 언니의 근황은 마을 밖으로 새나가지 않았다. 여하튼 그때만 해도 밤새 자전거를 타고 골목 이곳저곳으로 배달을 다녔다고 했다. 고스톱 치는 사람들, 고스톱 치다 싸우는 사람들, 고스톱 치다 싸우는 사람들을 말리는 사람들, 고스톱 치다 싸우는 사람들을 말리는 사람들의 전화를 받고 온 경찰들로 골목은 늘 시끄러웠다. 말도 많고 소문도 빨랐다. 이런저런 말들이 골목 이쪽저쪽을 떠돌다 곧 사라지곤 했다.

길커피도 원래는 성매매업소로 쓰이던 건물이라고 했다. 업소로 쓰면 업소가 되고, 카페로 쓰면 카페가 되고, 집으로 쓰면 집이 되는 건물이라고 했다. 나는 길사장 언니가 건넨 아이스커피를 들고 왔던 길을 그대로 돌아갔다. 거울에 비친 내 모습이 커튼 뒤로 사라졌다가 다시 거울에 나타났다가를 반복했다. 거울과 커튼, 거울과 커튼, 거울, 커튼, 거울, 커튼. 거울은 무언가를 비추고 커튼은 무언가를 감추었다. 골목 끝에 다다라서 뒤를 돌아보았다. 골목의 어느 집엔가 나를 가두어두고 온 것 같았다.

멀리서 이나와 경씨 아저씨가 담배를 피우고 있었다. 이나는 부지런히 사람들을 만나고 다녔다. 그러고 보니 이나가 담배를 피우는 모습은 처음 보았다. 이나는 담배를 피우는 사람을 만나면 같이 담배를 피웠고, 술을 좋아하는 사람을 만나면 함께 술을 마셨다. 이나가 손짓했지만 못 본 척 지나갔다. '이나는 유리문을 넘어가봤겠지. 이나는 커튼 뒤 풍경을 이미 보았겠지. 커튼 뒤 언어를 익히 알고 있겠지. 그들이 무슨 말을 하는지, 무슨 말을 하고 싶어하는지를.' 골목 어귀에 있는 업소의 문이 열려 있었다. 사람 하나 드나들 만한 간격이었다. 커튼 틈으로 좁고 어두운 복도가 보였다. 안에 있는 누군가가 어떤 말이라도 하기를 기다렸지만 끝내 말소리는 들을 수 없었다. 유리문 안으로 한쪽 발을 내밀었다.

"야, 왜 대답 안 해."

이나였다.

"아까부터 불렀는데, 쳐다보지도 않더라."

"못 들었어."

"얼른 가자. 들려줄 게 있어."

이나가 팔을 잡아끌었다. 유리문 안으로 드밀던 오른발로 이내 유리문 바깥을 디뎠다.

"그때만 해도 불법이라는 인식이 없었어. 그래서 죄의식도 없었고."

부러 숨기지 않던 일을 쉬쉬하게 되고 새로 생겨난 언어가 사람과 사람을 가르며 마을 안과 밖을 경계 지었다. 부끄러움을 알게 된 사람들은 마을에서 쫓겨났다. 윗마을 사람들은 지름길을 두고 먼 길을 빙 돌아 집에 갔다.

경씨 아저씨는 성매매업소 여자들을 보호하는 일을 하러 이 마을에 들어왔다고 했다. 그러다 화장품 무인판매점을 운영하면서 돈을 벌었고, 그 돈으로 주유소를 차렸고, 주유소가 재미없어서 업소 여자들 다섯 명을 데리고 서울로 올라갔다고 했다. 성매매가 합법인 외국으로 나갔다가 비자가 만료되어 한국에 들어와 부산으로, 평택으로 옮겨 다녔다고 했다. 그러다 아저씨 딸이 고등학교를 자퇴하면서 업소를 접었다고 했다.

몇 년 전부터 도시계획의 일환으로 마을 재생사업이 시작된다는 소식을 들은 아저씨는 여자 몇몇을 데리고 시내의 유명한 라면가게나 분식점을 돌아다녔다. 여자들이 음식을 배우고 업소를 식당으로 바꾸어 장사할 수 있으리라는 생각에서였다. 네일아트숍이나 옷가게처럼 여자들이 할 수 있는 일이 또 무엇이 있을지도 궁리했다. 하지만 정작 마을에 가게를 차린 이는 외지인들이었다. 여자들 대부분은 타지로 일터를 옮기거나 인근 주택가나 오피스텔로 건너갔다. 남아 있는 여자들도 별수 없이 하던 일을 계속해나갔다. 마을 외관만 바뀌었을 뿐 삶은 바뀌지 않았다는 것이 경씨 아저씨의 말이었다.

"그럼 여긴 이제 어떻게 될까요?"

"글쎄, 다 같이 잘살았으면 좋겠는데."

녹음 파일 정지 버튼을 누르려는데, 경씨 아저씨가 무어라 말을 하기 위해 입을 뗐고 바로 다음 순간 "읍" 하는 소리와 함께 녹음이 끝났다. 하릴없이 재생 버튼과 정지 버튼을 누르기를 반복했다. 목소리 너머의 언어가 궁금한 것은 오랜만이었다.

"진짜야?"

"나도 몰라."

"진짜가 아닌 걸 어떻게 진짜처럼 써?"

"적어도 아저씨에겐 진짜겠지."

누군가 수군대는 소리가 들렸다. 귀를 기울였지만 잘 들리지 않았다. '이 시간에 누구지.' 나가보니 사람은 아무도 없었고 말소리만 골목에 남아 있었다. 말소리가 골목을 떠돌다가 방향 없이 사라졌다. 이나에게 물어보니 아무 소리도 듣지 못했다고 했다. 이런 일이 잦아졌다. 녹음 파일을 반복해 듣는 동안 생긴 증상이었다. 나는 여전히 사람들의 목소리에서 글로 써야 하는 말과 버려야 하는 말을 골라내기 어려웠다. 누군가 나에게 말을 걸면 깜짝 놀라는 일이 잦았다. 녹음 파일이 아닌 실제 사람이 내는 목소리가 낯설어진 탓이었다. 보이지 않는 유리벽을 늘 앞세우고 다니는 기분이었다.

마을에 남은 집이 몇 곳이나 되는지는 밤이 되어야 알 수 있었다. 해가 지고 길가의 가로등이 켜지면 유리벽 너머에서 홍등을 밝혔다. 유리벽을 사이에 두고 빨간 스툴에 앉은 여자를 가까이 지나쳤다. 유리문을 넘을 수 있는 사람은 안에 남았고, 유리문을 넘을 수 없는 사람은 밖에 남았다. 유리문을 밟고 선 이들도 방향을 정할 때가 다가오고 있었다.

골목을 빠져나와 안쪽을 돌아보니 빛이 새어나오는 곳은 두 집뿐이었다. 바로 위 하늘은 짙푸른 어둠에 물들어 있었다. 어떤 적막은 너무 적막해 귀에 거슬렸다. 십여 년 전이나 이십여 년 전에 여기를 왔다면 지금은 보이지 않는 것들을 보고, 들리지 않는 것들을 들을 수 있었을까? 유리방마다 각각 이름이 붙어 있고, 문틀에 조그마한 글씨로 쓰여 있다고 했다. 서울집, 신전주집, 코리아나, 황산집, 황금집, 광주집, 부엉집에서도 보이지 않는 간판의 불을 남몰래 밝혔을 것이다. 유리방이 불을 밝히면 구멍가게와 양장점, 가맥집과 세탁소, 미용실도 제각각 간판의 불을 밝혔을 것이다. 마치 한 몸인 듯 일순간 동시에 눈을 뜨지 않았을까. 하지만 그런 풍경은 역시 쉽게 그려지지 않았다. 지금 내 눈이 볼 수 있는 것은 밤이 깊도록 불을 켜지 않는 빈집들뿐이었다. 순미 이모가 리어카를 끌고 빈집 앞을 천천히 지나갔다. 몇 걸음 뒤를 복순이가, 그뒤를 새끼들이 잰 걸음으로 따라갔다.

***

나는 내 눈에 자꾸 환각이 보이고 내 귀에 환청이 들리는 이유가 네가 주워온 저 물건들 때문인 것 같다고 이나에게 말했다. 과거의 것들 때문에 현재를 똑바로 보지 못하는 것이라고 말했다. 순미 이모가 죽어서도 마을을 떠나지 못하는 이유도 저 물건들 때문인 것 같다고 말했다. 순미 이모가 떠나지 못하니 복순이 새끼들도 떠나지 못하는 것이라고 말했다. 이나는 이미 한 번 버려졌던 것들을 다시 자기 손으로 갖다 버릴 수 없다고 말했다. 나는 아직도 마을의 많은 것이 잘 들리지 않고, 잘 보이지 않는다고, 시간이 얼마나 지나야 무언가 들리고 보이게 될지 모르겠다고, 아니 그것이 시간이 지난다고 해서 가능한 일이 아닌 것 같다고 말했다. 여기서 다시 일 년 혹은 십 년을 보낸다고 하더라도 나는 결코 유리벽을 넘을 수 없으리라고 말했다. 유리벽 안으로 들어가지 못하고 골목만 서성이며 유리벽 너머를 기웃거리면서 대체 무엇을 쓸 수 있겠느냐고. 나는 마을을 떠나겠다고 했고 이나는 그러라고 했다. 대신 자신의 작업을 마무리할 수 있게 도와달라고 했다. 그것이 무엇이냐고 물으니 대답은 하지 않고 나에게 꼭 보여주고 싶은 것이 있다고 했다.

이나는 지연분식과 길커피 사이의 도로에 테이블과 차양을 설치해 부스를 꾸렸다. 그리고 그동안 모은 물건들을 하나하나 올려놓았다. 키티 인형, 무릎 높이의 소형 냉장고, 고대기와 장미꽃 모양 패턴이 새겨진 유리컵, 모자, 스타킹, 선글라스, 담요, 전기포트, 달력, CD플레이어, 양은냄비, 머리집게 등. 이나는 물건의 위치를 요리조리 바꾸었다. 나는 카메라를 들고 다니며 이나가 작업하는 모습을 사진으로 촬영했다.

해가 쨍쨍하던 하늘에 구름이 띄엄띄엄 몰려오기 시작하더니 이내 하늘을 천장처럼 메운 먹구름이 땅에 긴 그림자를 드리웠다. 비가 올 것이라는 예보가 그제야 기억났다. 비도, 사람도 오지 않은 채 시간만 흘러갔다. 이나가 내 앞 바닥에 무언가를 툭 내려놓았다. 업소 여자들이 신는 굽이 높은 구두였다. 이나는 원래 입고 다니던 헐렁한 티셔츠 대신에 짧은 원피스를 입고 똑같은 구두를 신고 있었다. 키가 훌쩍 커진 이나를 한참 올려다보았다. 올림머리를 한 이나가 예쁘다고 생각했다. '이나는 왜 스스로 나서서 구경거리가 되려고 하는 걸까. 그들이 입던 옷을 입고, 그들이 신던 구두를 신으면 그들을 이해할 수 있게 된다고 생각하는 걸까. 종이 인형으로 인형 놀이를 하듯 그들의 단면만을 전시하는 꼴이 되진 않을까.' 그런 말을 삼키고 사진을 몇 장 찍어주었다.

"갈 데는 있어?"

내가 떠날 준비를 하는 며칠 동안 입을 다물고 있던 이나가 카메라 뷰파인더 너머에서 물었다. 나는 떠나온 곳으로 돌아간다는 말을 하고 싶지 않아 대답하지 않았다. 겨우 넘어온 선을 그대로 넘어간다는 말을 하고 싶지 않았다. 이나가 행거에서 옷을 골라 건넸다. 이나가 건넨 옷으로 갈아입고 온 사이 골목은 사람들로 가득차 있었다. 어디에서 왔는지 알 수 없는 사람들이 좁은 골목 안을 비집고 들어와 무슨 말인가를 해댔다. 마치 말을 하기 위해 온 사람들처럼 말을 해댔다. 이토록 많은 이가 한꺼번에 말을 하고 있는데도, 말소리 하나하나가 귀에 들리는 것이 신기했다.

"꼬마야, 이리 와봐."

"내가 한이 많아서 그래."

"없애봤자 안 없어져."

"갸가 참 예뻤는데."

"그때가 제일 행복했어."

"이모, 밥 아직 멀었어요?"

저마다의 말을 하는 저마다의 얼굴이 하나둘 보이기 시작했다. 순서 없이 튀어오르는 말들에 귀를 기울여보았지만 누가 무슨 말을 하고 있는지 알 수 없었다. 마치 마을이 한 입으로 여러 말을 하는 것 같았다. 멀리서 졸졸 흐르는 물소리가 들리더니 기차가 지나가는 소리가 들리고 뒤이어 기적소리가 길게 울렸다.

"여기 오면 떼돈 벌 줄 알았지."

"미용실 좀 갔다 올게요."

"사람 사는 동네 다 똑같아."

"선입견을 버려야 해."

"엄마가 미안해."

"좋은 시절 다 갔네."

"배고파" "좆같아" "아이 귀여워" "짜증나" "지겨워" "이리 와봐" "가까이 와봐" "몇 살이야?" "어쩌라고" "더러운 새끼" 등. 물건들에서 나는 소리라고, 물건들이 하는 말이라고 어디선가 이나가 말했다. 이나의 목소리가 들린 쪽으로 고개를 돌렸지만 수많은 사람에 섞여 이나는 보이지 않았다. 앞으로 발을 내디뎠으나 보이지 않는 무언가에 가로막혀 한 걸음도 앞으로 나아갈 수 없었다. 사람들은 말하고 웃고 찡그리고 다투며 내 앞을 스쳐지나갔다. 좁은 보폭만큼의 거리를 두고 빠르게 지나쳐갔다. 나는 그들의 말에 끼고 싶어 입을 달싹였다. 하지만 입속의 어떤 언어도 소리가 되어 나오지 않았다. 나는 보이지 않는 유리벽을 넘어가지 못하고 그대로 서 있었다.

낙원맨션

이제 사층에서 십칠층까지 올라오는 데 오분이 채 걸리지 않았다. 지나는 닫혀 있다는 것을 알면서도 옥상문 손잡이를 돌려보았다. 문은 역시 열리지 않았다. 계단에 걸터앉자 차가운 기운에 몸이 떨렸지만 이내 견딜 만해졌다. 삶에서 일어나는 모든 일이 그렇듯. 이렇게 많은 계단을 한 번에 오르내려본 것은 낙원맨션을 떠나온 뒤로 꽤 오랜만이었다. 어느 곳이나 계단의 형태는 비슷했다. 발 길이와 비슷한 높이에 일정하게 직각으로 떨어지는 각도까지. 어느 곳이나 계단은 정직했다.

비상문이 열렸다. 준오였다.

"곽부장이 찾아."

준오는 그렇게 말하면서 지나 옆에 앉았다.

"너는 무슨 생각을 해?"

"생각?"

"계단을 십삼층이나 걸어서 올라오면 무슨 생각이 나?"

계단을 오르는 내내 무언가가 떠올랐다 사라지곤 했다. 그런 것을 생각이라고 할 수 있을지 모르겠지만. 각 층에 난 똑같은 크기의 창마다 다른 풍경이 보였다. 칠층 창밖으론 보이는데, 팔층 창밖으론 보이지 않는 풍경. 팔층 창밖으론 보이지 않았는데, 구층 창밖으론 보이는 풍경. 앉아서 올려다보면 보이는데, 일어나면 사라지는 풍경. 일어나면 보이는데, 앉으면 없어지는 풍경. 생각도 풍경과 마찬가지로 매 순간 생겨나고 사라지기를 반복했다. 그런 것에 대해 일일이 말할 수는 없었다.

"가자. 나 찾는다며."

"뻥이야."

지나의 눈앞으로 준오의 웃는 얼굴이 보였다. 자리에서 일어나면 시야에서 사라질 웃음이었다. 몸을 일으키는 지나의 손을 준오가 끌어당겼다. 지나는 황급히 손을 빼고 일어났다.

"넌 일 년만 채우고 나간다면서 사람들 눈이 무서워?"

준오가 탄 엘리베이터 문이 닫힌 뒤 지나는 계단을 한 칸씩 내려갔다. 올라갈 때와는 반대의 순서로 풍경이 사라지거나 나타났다. "나는 딱 일 년만 채우고 나갈 거야." 지나는 그 말을 일 년 전에도 했다. 지난 일 년은 지나의 삶에 뚜렷한 흔적을 남기지 않은 채 지나갔다. 평일에는 일을 하고 주말에는 드라마나 예능을 보고 밀린 빨래를 했다. 별일 없는 일상 속에서 무탈함은 그리 소중하게 느껴지지 않았다. 업무로 인한 스트레스와 동료들과의 마찰, 준오와의 싱거운 감정싸움, 골절상을 입은 엄마의 입원과 수술 정도가 지나의 삶에 가느다란 실선을 그리며 지나갔다. 준오는 같은 날 면접을 보고, 같은 날 들어온 입사 동기였다. 지나가 면접을 보고 나가는 길에 때마침 들어오는 준오와 마주쳤는데, 지나는 편집부로, 준오는 사회부로 발령받았다. 나중에 알고 보니 준오는 편집부를 지망했다고 했다. 정작 지나는 어느 부서든 상관없다는 뜻을 밝혔다. 아무튼 두 사람은 일 년 넘게 같은 시간을 같은 공간에서 함께했다. 엄밀히 말하면 같은 시간이라곤 할 수 없었다. 편집기자는 오후 두시에 출근해서 저녁 아홉시 무렵에야 퇴근했다. 반면 외근기자는 오전 아홉시에 출근해서 취재를 마친 뒤 기사를 쓰고 완성한 기사를 편집부에 넘기면 그날의 업무가 끝이 났다. 하지만 준오는 편집부 막내인 지나가 퇴근할 때까지 사무실에 남아 있었다. 편집 일을 배우고 싶다는 핑계를 대며 오탈자를 점검하거나 프린터에 인쇄지를 채웠다. 편집부 선배들은 믹스커피와 함께 시답잖은 농담을 건네며 살갑게 대하는 준오를 반겼다. 지나는 준오가 자신의 삶에 깊숙이 자리하고 있음을 때때로 느꼈고, 그럴 때마다 한 발 물러나고 싶어졌다.

준오에게는 말하지 않았지만 지나는 계단을 오르내릴 때면 어김없이 낙원맨션을 생각했다. 낙원맨션은 J시 동부에 있는 오래된 아파트였다. 지나는 그곳에서 아홉 해를 살았다. 요즘도 그런 곳을 아파트라고 부르는지는 모르겠지만 적어도 그 마을 사람들에게 그곳은 오랫동안 '아파트'였다. 낙원맨션 주민들은 물론이고 낙원맨션에 살지 않는 마을 사람들에게도 마찬가지였다. 낙원맨션은 대로변에 있는데다 높은 지대에 솟아 있어서 멀리서도 눈에 띄었다. 처음부터 대로변에 지어진 것일 수도 있고, 반대로 낙원맨션 앞으로 대로가 난 것일 수도 있다. 어쨌든 확실한 것은 낙원맨션이 그 마을에서 가장 처음 지어진 아파트라는 사실이었다. 마을 사람들은 택시를 타고 기사에게 목적지를 설명할 때도 낙원맨션을 기준으로 말하곤 했다. "낙원맨션에서 기차역 쪽으로 가는 길가에 세워주세요." "낙원맨션 상가와 카센터 사이 골목으로 들어가주세요." 낙원맨션보다 훨씬 높은 건물이 하나둘 들어서기 시작했을 무렵 지나의 가족은 그곳을 떠났다.

낙원맨션은 유난히 계단이 많은 아파트였다. 낙원맨션 입구에는 슈퍼마켓, 문구점, 부동산, 피아노학원 등이 있는 상가가 있었다. 상가 옆으로 난 계단을 올라가면 아파트 단지가 나왔다. 낙원맨션은 언덕에 지어져 있던 탓에 각 동의 높낮이가 달랐다. 경사로를 따라 이어진 계단을 두어 차례 올라가야 지나의 집이 있는 107동에 도착했다. 107동이 아닐 수도 있었다. 101동이나 105동일 수도 있었다. 낙원맨션이라는 이름조차 잘못된 기억일 수도 있었다. 낙운맨션이거나 나원맨션이었을 수도. 혹은 전혀 다른 글자의 조합으로 이루어진 이름이었을 수도 있었다. 아파트 풍경은 오래전 기억에만 의존하고 있었기에 불확실했다. 불확실성은 가능성의 다른 말이 아닐까. 불확실했기에 가능한 모든 장면이 지나의 머릿속에 나타났다가 사라졌다. 아파트 이름과 아파트 외벽 색깔, 아파트 단지를 오가던 주민들의 옷차림과 걸음걸이 같은 것은 상상 속에서 매번 다르게 뒤바뀌고 뒤섞였다. 그중에서 무엇이 진짜 기억인지 알 수 없었다. 어떤 기억이 기억을 유지하는 중에 변형되거나 추가된 것인지 알 수 없었다. 유실된 기억을 영영 알 수 없는 것과 마찬가지였다. 어찌 되었건 현재 지나의 기억에 따르면 107동 통로 입구로 들어가서도 꼭대기인 오층까지 계단을 또 올라가야 했다. 오층 마지막 계단까지 올라온 지나는 현관문을 열고 곧바로 들어가는 대신 문 앞에서 걸음을 멈추곤 했다. 이대로 들어가도 될지 알 수 없어 황망한 기분에 휩싸였기 때문이다. 아무도 먼저 문을 열어주지 않는 집 안으로 불쑥 들어가도 될지, 빈칸처럼 놓인 문턱을 넘어가도 될지 말이다.

인류가 계단을 발명한 시기는 고대시대라고 한다. 하늘 끝에 가닿고자 하는 인간의 욕망이 계단이라는 구조물을 만들어낸 것이다. 그뒤로 시간이 흐르고 시대가 마디를 넘어오는 동안 계단은 끝 모르고 높아져만 갔다. 하늘에 끝이 없듯 계단도 끝을 몰랐다. 엘리베이터가 등장하며 두 발로 걸어서 올라갈 필요가 없게 된 뒤에도 계단은 없어지지 않았다.

비상계단을 오르내리는 동안 비상계단에 대한 몇 가지 사실을 알게 되었다. 비상계단이 단지 건물의 아래층과 위층을 잇는 통로이자 화재나 지진 따위의 재난이 일어났을 때 대피하는 장소로만 쓰이지 않는다는 것이었다. 재난이 일어나지 않을 때도 피난소를 필요로 하는 사람들은 어디에나 있었고, 그들이 하나같이 찾는 장소가 바로 비상계단이었다. 그 까닭은 무엇일까. 왜들 무언가를 피하거나 무언가로부터 숨기 위해 비상계단을 찾는 것일까. 아마 비상계단에는 위층과 아래층을 나누는 벽이 없기 때문일 것이다. 계단 난간은 하나로 이어져 있었다. 지하 일층부터 십칠층까지 하나의 난간이 서른세 번 꺾이며 이어져 있었다. 비상계단에는 천장도, 바닥도 없었다. 이 건물에서 가장 평등한 장소를 꼽자면 단연 비상계단일 터였다.

심폐 기능 강화, 하체 근력 단련, 혈액순환 도움, 무릎 관절 예방. 지나는 기사에서 읽은 계단 오르기의 효능을 속으로 읊조렸다. 지나에게 계단 오르기의 가장 큰 효능은 잡념 삭제 기능이었다. 계단을 오르는 동안은 기계적인 업무에 대해서도, 대화가 통하지 않는 동료들에 대해서도 생각하지 않을 수 있었다. 지나는 쉬지 않고 옥상이 있는 십칠층까지 단숨에 올라갔다. 비상계단 내부는 어느 층이나 똑같았다. 계단의 기울기나 개수, 난간 형태도 동일했다. 그렇기에 언뜻 제자리를 돌고 도는 것처럼 보였으나 분명 조금이라도 위로 올라가는 중이었다. 꼭대기가 십칠층이 아닌 이십칠층, 삼십칠층이었더라도 지금처럼 자주 계단을 오를 수 있었을까? 그랬을 것이다. 지나는 아주 어린 시절부터 이미 계단에 단련되어 있었으니까.

낙원맨션을 떠난 이후로도 하루에 수십 칸의 계단을 오르내렸겠지만 낙원맨션에 살 때처럼 계단을 몸으로 감각한 적은 없었다. 낙원맨션을 떠나 새로 이사한 아파트에서는 일층에 살았고 학교를 제외한 건물들에는 대체로 엘리베이터가 있었다. 대학을 졸업하고 이 년가량 아르바이트를 하며 면접을 수십 번 보러 다닌 끝에 겨우 들어온 직장은 J시에서 멀지 않은 중소도시의 작은 신문사였다. 합격 문자를 받은 날, 지나는 비로소 지상으로 올라선 느낌을 받았다. '딱 일 년만 채우고 나가야지.' 첫 출근 날 엘리베이터 앞에 선 지나는 위쪽을 가리키고 있는 화살표 버튼을 누르며 생각했다. 일층에서 이층으로, 이층에서 삼층으로, 삼층에서 사층으로. 차근차근 올라가면 이 건물과는 비교도 되지 않을 만큼 높고 번듯한 어딘가에 도착해 있을 것 같았다. 그뒤로도 매일 같은 시간에 엘리베이터 버튼을 누르며 같은 생각을 반복했다. '일 년만, 일 년만.' 엘리베이터 버튼은 도장처럼 똑같은 생각을 찍어냈다. 입사한 지 일 년을 넘긴 어느 날 지나는 엘리베이터 대신 비상계단을 택했다.

지나는 이곳에서 기사를 분류해 배열하고 제목을 뽑는 일을 했다. 제목을 짓기 위해 단어를 고르는 일보다 골치 아픈 것은 글자 수를 맞추는 일이었다. 비어 있는 공란은 가능성으로 가득차 있었다. 무수한 가능성이 사방에서 압박해왔다. 지면 위로 올라온 글자는 마치 물체처럼 취급된다. 'K시문화재단 청소년 록페스티벌 성황리에 마무리' 글자 크기를 1포인트 줄여도 간이 넘친다. 'K시문화재단 청소년 록페스티벌 성료' 이렇게 줄이면 글자 크기를 다시 키워야 한다. 줄였다가 늘였다가 다시 줄였다가 빈칸에 꼭 맞는 퍼즐 조각을 찾듯 글자를 끼워 넣고 빼고를 반복한 끝에 제목이 완성되었다.

"지나씨, 국문과 나왔다고 안 했어?"

곽부장이 빨갛게 동그라미 친 글자를 펜 끝으로 톡톡 쳤다. "다름과 편견을 '너머' 하나로" 너머는 명사고, 넘어는 동사지만 두 단어는 발음상 구분되지 않는다. 이런 단어가 더러 있다. 더러와 덜어, 로서와 로써, 사라지다와 살아지다. '그런데 저 문창과인데요.'

"뭐 그걸 그렇게 뚫어지게 쳐다보고 있어. 빨리 오탈자 안보고."

지나는 빨간 펜을 들고 교정지를 훑었다. '사과는 커녕'에 밑줄을 긋고 '사과는커녕'으로 고치고 '허점 투성이'에 밑줄을 긋고 '허점투성이'로 고쳤다. 윤고딕 44포인트의 '역활'이라는 글자가 눈에 들어왔다. 윤고딕 44포인트는 머리기사 제목을 쓸 때 주로 쓰는 글꼴이다. 가로획과 세로획이 정직하게 직각을 이루는 ㄱ자가 계단과 닮아 있었다. 지나는 '역'자 아래에 ㄱ자를 한 칸, 한 칸 이어서 그렸다. 기사의 ㄱ, 곽부장의 ㄱ, 국문과의 ㄱ, 계단의 ㄱ, 기억의 ㄱ. 계속 내려가다보면 교정지 밖으로 벗어날 수 있을까.

곽부장과 전산직원이 퇴근한 뒤 지나와 둘이 남게 되자 준오가 담배에 불을 붙였다.

"너도 줄까?"

준오는 식은 커피가 남아 있는 테이크아웃 컵 속에 담뱃재를 털었다. 언제부터인가 아무도 없는 사무실에서 담배를 피우는 일은 준오가 하루를 마감하는 의식 같은 것이 되었다. 준오와 지나는 태어난 연도와 출신 대학이 같았다. 공통점이 많다는 이유로 가까워진 것은 아니었다. 지나와 준오는 많은 말을 묶음으로 처리했다. 집에 같이 가자는 말도 없이 같은 버스를 탔듯 서로에게 동의나 허락을 구하지 않고 서로의 영역에 틈입했고 그곳에서 예정에 없던 많은 일을 해냈다. 사무실 누구에게도 두 사람의 관계를 말하지 않았다. 둘은 그런 서로를 용인했다. 지나는 말이 되지 않는 것들은 말이 될 만큼 충분히 무르익지 않았기 때문에 말해지지 않는 것이라고 생각했다. 설익은 감정들이 끝내 말이 되지 못한 채 어느 순간 사라진다고 해도 그만이었다.

팔층에 있던 엘리베이터가 사층에 도착했다.

"안 타?"

"놓고 온 게 있어. 먼저 가."

엘리베이터의 숫자가 내려갈 때마다 눈을 감았다 떴다. 어떤 순간을 기억으로 저장하지 않기 위해서는 바로 다음 순간 기억을 소등하면 되었다. 기억하지 않으면 애써 망각하지 않아도 되었다. 어차피 어떤 기억도 완벽한 진실이 아니다. 기억도 글자처럼 변형되기 때문이다. 완벽한 기억의 판을 완성하기 위해서는 칸마다 정확한 기억을 정확한 자리에 끼워맞추어야 하는데, 기억할 때마다 크기도, 모양도 달라지는 것이 기억의 속성이었다. 엘리베이터가 일층에 멈춘 뒤에야 지나는 계단을 한 칸씩 밟아 내려갔다. 낙원맨션에서는 계단을 한 칸씩 오르지 않고 한 번에 두 칸씩, 네 칸씩 올랐다. 그만큼 계단은 흔했고 그래서 지루했다. 내려갈 때는 다섯 칸씩, 여섯 칸씩도 뛰어서 내려갔다. 그러다 어느 날 발을 헛디뎌 계단을 굴러내려왔다. 그뒤로 지나는 걷거나 뛰는 대신 앞구르기로 계단을 내려가는 방법을 터득했다. 오층에서 계단을 굴러내려가고, 언덕을 따라 난 계단을 굴러내려가고, 상가 옆에 난 계단을 굴러내려갔다. 그것이 가능한 일인지는 모르겠지만 그때는 그냥 되었다. 계단을 굴러내려와 바닥에 무사히 착지했을 때의 상쾌한 기분을 지나는 오래도록 몸으로 기억했다. 몸이 어느 정도 성장한 뒤 시도해본 적 있었지만 당연히 잘 되지 않았다. 고개를 숙이면 이를 드러내는 날선 계단에 몸을 쉽게 던질 수 없었다. 계단을 굴러내려오던 어느 날 지나의 엄마는 현관문에 잠금장치를 달았다. 현관문 바깥이 아닌 안쪽에서 열고 잠글 수 있는 장치였다. 지나의 손이 닿지 않는 위치였다. 엄마는 당분간 혼자 밖에 나가지 말라고 말했다. 지나를 쳐다보지 않고 말하는데도 지나의 귀에 또렷이 박혔다. 눈은 한 번에 한 방향만 볼 수 있지만 입은 아니었다. 입에서 나는 소리는 동시에 사방으로 퍼졌다. 지나는 그것이 신기했다. 왜? 소리가 되지 못한 말은 동서남북, 위아래, 양옆 어느 방향으로도 나아가지 못했다. 지나는 늘 '왜?'로 시작되는 질문을 삼켰다. 엄마가 밥솥에 쌀을 안쳐놓고 취사 버튼을 누르지 않은 채 밖에 나가서 새벽녘에야 들어왔을 때도, 창밖으로 유리컵과 접시를 내던졌을 때도, 어느 밤 현관문 안쪽 잠금장치를 풀고 집을 나가 계단을 내려가는 엄마의 발소리를 들었을 때도. 지나는 그날도 평소처럼 방 안에 누워 있었다. 한쪽 귀를 베개에 붙인 채 모로 누워 있었는데도 엄마가 계단을 끝까지 내려가는 소리를 다 들을 수 있었다. 엄마는 계단을 정확히 한 칸씩 밟아서 내려갔다. 계단 맨 위 칸부터 아래 칸까지. 현관문 안쪽 잠금장치가 열려 있었기에 지나도 집 밖으로 나갈 수 있었지만 집 안에서 소리만 들었다. 계단을 내려가는 일은 평생을 떠밀리듯 살아온 엄마가 자의로 선택한 몇 안 되는 일이었을 것이다. 만약 그때 지나가 엄마를 쫓아갔다면 엄마는 곧바로 몸을 돌려 애써 내려간 계단을 다시 한 칸씩 밟아 집으로 올라왔을 것이다.

　건물 입구에서 준오가 기다리고 있었다.

　"내려올 땐 엘리베이터 타. 무릎 나가."

지하 일층에는 주차장, 일층에는 휴대전화 판매점과 테이크아웃 커피숍, 이층과 삼층에는 카드회사 사무실, 사층과 오층에는 각각 신문사 편집국과 총무국, 육층에는 이벤트기획사 사무실, 칠층과 팔층에는 보험회사 사무실, 구층에는 교육도서 전문 출판사, 십층에는 독서실과 관리사무소, 십일층과 십이층에는 공유오피스, 십삼층부터 십육층까지는 이동통신사 고객센터가 자리하고 있었다. 엘리베이터로는 십육층까지밖에 올라갈 수 없었지만 비상계단으로는 한 층 더 올라갈 수 있었다. 십칠층 비상문 너머에는 옥상이 있지만 문은 한 번도 열린 적 없었다.

　종종 비상계단에서 통화하거나 커피를 마시는 사람들과 마주치기도 했다. 각 층마다 사무실은 제각각이겠지만 비상계단만큼은 어느 층이나 같은 모습이었다. 각 층의 용도도, 층마다 드나드는 사람들도, 비상계단에서는 구분되지 않았다. 비상계단을 이용하는 이들은 능숙하게 서로를 못 본 척 지나쳤다. 그랬기에 누군가가 지나의 뒤를 따라왔을 때 지나는 화들짝 놀랄 수밖에 없었다. 무테안경을 쓰고 눈썹을 반듯하게 정돈한 남자가 인기척도 내지 않고 바로 아래 칸까지 따라와서는 생수 한 병을 건넸다.

　"고마웠어요."

　"뭐가요?"

　지나가 생수를 받지 않자 남자는 생수를 지나 쪽으로 더 가까이 내밀었다. 지나는 얼떨결에 받았다.

"물을 자주 마셔야 해요."

그는 그렇게 말하고 그대로 몸을 돌려 계단을 뛰어내려갔다.

"아무래도 나 단기기억상실증 같은 게 있는 것 같아."

그날 밤 잠들기 전 지나는 비상계단에서 본 남자를 떠올렸다.

"나도 모르는 새 누군가를 도와주고 그걸 잊어버리나봐."

"그거 개수작이잖아."

준오가 휴대전화에서 눈을 떼지 않고 대답했다.

"이제 계단으로 다니지 마."

"싫어."

"그래, 네 마음대로 해."

준오가 휴대전화를 놓고 돌아누웠다.

"나는 말이지. 계단이 끝없이 생겨나면 좋겠어. 내가 허공에 발을 디딜 때마다 한 칸씩 새롭게 생겨나면 좋겠어. 나는 이제 계단이라면 얼마든지 올라갈 수 있을 것 같아."

지나는 다음날도, 그다음날도 계단을 올랐다. 갈수록 꼭대기 층에 도착하는 시간이 단축되었다. 그럴수록 이 건물이 십칠층밖에 되지 않는다는 사실이 아쉬웠다. 계단만큼 정직한 장소가 또 있을까. 계단을 정확히 열여섯 칸 오르면 사층에서 오층에, 오층에서 육층에 도착했다. 한 층, 한 층 올라갈 때마다 창밖의 시야가 달라지고 풍경이 바뀌었다. 인생도 계단 오르기 같다면 어떨까. 한 살, 한 살 먹을 때마다 한 층씩 올라갈 수 있다면. 사층에서 한 층을 오르면 오층에 도착하고, 오층에서 한 층을 오르면 육층에 도착하는 것처럼 시간의 속도에 맞추어 한 살, 한 살 먹을 때마다 인생의 다음 단계에 다다를 수 있다면.

꼭대기 층에 도착한 지나는 습관적으로 옥상문 손잡이를 돌리다가 하마터면 비명을 지를 뻔했다. 문이 너무나도 쉽게 열렸기 때문이다. 문을 열자 환한 빛이 쏟아졌다. 지나는 조명을 켠 무대 중앙으로 걸어가듯 한 걸음씩 내디뎠다. 그러다 이번에는 참지 못하고 비명을 질렀다. 옥상 바닥 한가운데에 누군가가 누워 있었다.

"왜 그래."

"언제 왔어?"

"너 따라왔지."

갑자기 등장한 준오 때문에 비명을 한 번 더 지를 뻔했지만 가까스로 참았다. 준오의 시선이 지나의 손끝을 따라갔다. 둘은 누워 있는 사람 가까이로 다가갔다. 가까이서 보니 사람이 아니었다. 사람의 형태는 맞지만 사람의 몸은 용케 빠져나가고 없었다. 퀼팅재킷과 청바지, 워커가 사람의 신체에 맞추어 각각 놓여 있었다. 지나와 준오는 난간 아래를 내려다보았다. 건물을 둘러싸고 나무와 풀이 무성하게 자란 화단과 주차장이 보였다. 사람의 알몸처럼 보이는 것은 없었다.

"신고해야겠지?"

"뭐라고 신고해? 저건 그냥 옷이잖아. 얼른 내려가자."

준오가 지나의 손을 잡아끌었다.

사무실로 돌아갔지만 업무에 집중할 수 없었다. '지금이라도 신고할까? 그런데 뭐라고? 우리 회사 옥상에 사람처럼 보이는 게 있어요. 사람은 아닌데, 사람 껍데기 같은 게. 그러니까 꼭 허물 벗은 것처럼 사람 모양으로 옷이 널브러져 있는데…… 아무래도 확실히 봐야겠어. 사진이라도 찍었어야 해.'

자신도 모르게 벌떡 일어선 지나의 발걸음을 곽부장이 잡았다.

"잠깐 나 좀 봐."

곽부장은 사무실을 기웃거리다가 마땅히 대화할 장소를 찾지 못했는지 지나를 화장실로 데려갔다. 두 칸밖에 없는 화장실에 지나와 곽부장이 나란히 섰다. 눈을 둘 데가 없었다. 곽부장의 얼굴을 똑바로 바라보자니 긴장되었고 고개를 돌리자니 거울을 통해 곽부장과 자신의 모습이 보여서 민망했다. '차라리 칸을 하나씩 차지하고 들어가서 이야기하자고 할까? 고해성사하듯 벽을 보고서 말이야.' 지나는 고개를 숙였지만 자신보다 머리 하나는 작은 곽부장 얼굴에 더 가까워지기만 했다. 지나는 고집스레 시선을 바닥으로 떨어뜨렸다.

"지나씨, 박기자랑 사귀지?"

"아뇨."

"소문 다 났어. 둘이 비상계단에 앉아 있는 거 본 사람이 한둘이 아니야. 그래. 젊은 애들끼리 좋아지낼 수도 있지. 뭐, 회사 비상계단에 붙어 앉아서 시시덕거릴 수도 있고, 쪽쪽거릴 수도 있고. 그거 뭐 사생활이니까 관여는 안 해. 나는 지나씨 담임선생님이 아니니까. 그렇지. 여기는 학교가 아니라 회사 잖아. 요즘 오탈자 부쩍 많아진 거 알지? 지나씨 국문과 나온 거 맞아? 기본적인 것도 틀리면 어떡해."

'지난번에 역할을 역활로 쓴 게 누구더라? 그거 말고도 사소한 실수를 일일이 지적하면 끝이 없는데. 그리고 나 국문과가 아니라 문창과 나왔는데.'

"주의하겠습니다."

"내가 여기서 한두 번 보는 줄 알아? 사내 연애하다가 쫑나서 회사 분위기 흐리고 나가고. 그래, 나가면 니들은 다음 일은 알 거 없지. 남은 우리만 너희가 싼 똥 치우는 거지. 뭐 니들이 얼마나 갈지는 모르지만 그야 뭐 나는 알 거 없고. 여기 있는 동안 최소한 일에 지장을 주진 말아야 할 거 아니야. 우리는 일당백인 거 알지?"

편집부 사정이야 뻔했다. 작년 겨울 도로에서 발을 헛디뎌 넘어진 정선배는 깁스를 한 상태로 목발을 짚고 출근했고, 올 봄 홍선배는 베이비시터에게 갑자기 일이 생겼다면서 이십육 개월짜리 아이를 데리고 출근했다. 당시 편집부장이던 이부장은 그때마다 같은 말을 입에 올렸다. "우리는 일당백인 거 알지?" 얼마 후 곽차장은 부장으로 승진했고 이부장은 경제부로 발령받았다. 열시가 넘은 시간 홍선배가 단체 채팅창에 올린 한 장의 사진으로 인해 젊은 기자들은 신문이 나오기도 전에 두 사람의 엇갈린 운명을 알게 되었다. "좌천이네 좌천." 누군가가 한 말에 공감 표시가 우르르 달렸다. 그로부터 몇 달이 흐른 지금, 곽부장도 같은 말을 하고 있었다. 누가 읽을까 싶지만 매일 아침마다 어김없이 나오는 16면짜리 신문을 만들기 위해서였다. 지나는 곽부장이 무엇 때문에 이렇게 화를 내고 있는지 알 것 같아 씁쓸한 마음이 들었다.

다음날 지나는 곽부장에게 교정지와 함께 겉면에 사직서라고 쓴 봉투를 내밀었다. 곽부장은 서랍 가장 위 칸을 열어 사직서를 넣은 뒤 빨간 펜을 들고 교정지를 체크했다.

"부장님."

"나중에 얘기해."

"옥상에서 무슨 일이 일어나는 줄 아세요?"

"뭐라고?"

곽부장이 고개를 돌리지 않고 말했다.

"아니에요."

지나는 사무실 문을 열고 나와 비상계단을 올라갔다. 옥상 문 손잡이를 돌려보았지만 잠겨 있었다. 왠지 다급한 마음에 손잡이를 몇 번이나 돌려보았다. '어제 본 게 단지 옷이 맞을까. 사람의 얼굴을 봐놓고 기억에서 지워버린 게 아닐까.' 지나의 머릿속에 같은 건물에서 마주치는 사람들의 얼굴이 떠올랐다가 사라졌다. 며칠 전 지나에게 생수를 건넨 남자의 얼굴도 스쳐지나갔다. 하지만 그 남자가 몇 층에서 근무하는지는 알 수 없었다. 고층건물 옥상에서 자살을 시도하는 사람은 하루에도 한둘이 아닐 터였다. 그런 일은 빈번히 일어났기에 신문에 일일이 실리지 않았다. '그런데 옷은 왜 벗어놓았을까.' 출근하는 길에 화단 수풀을 헤치고 살펴보았지만 사람의―그것도 훼손된―알몸처럼 보이는 것은 없었다. '그렇다면 하늘로 솟은 걸까?' 그런 생각을 하고 있을 때 문자메시지 알림이 울렸다. "곽부장이 찾아. 이번엔 진짜야." 지나는 터덜터덜 계단을 내려가기 시작했다. 한 층을 내려갔을 때 센서등이 켜졌다. 겨울이 가까워오고 있었다. 하얀 조명 아래 선 지나의 모습이 창에 비쳤다. 창밖의 공기가 닿기라도 한 듯 한기가 느껴졌다. 한 층, 한 층 내려갈 때마다 센서등이 점멸을 반복했다. '십칠층짜리 건물이 한 칸, 한 칸 불빛을 깜박이는 걸 외부의 누군가 우연히 보게 된다면 무슨 생각을 할까. 그는 불빛이 일층에 닿을 때까지 눈을 떼지 않고 바라봐줄 사람일까. 누군가 일정한 속도로 한 층씩 걸어서 내려가고 있다는 것에서 무어라도 의미를 발견해줄 사람일까.' 그런 생각을 하면서 지나는 십오층, 십사층, 십삼층, 십이층, 십일층, 십층, 구층, 팔층, 칠층, 육층을 지났다…… 사층을 그냥 지나쳤다는 사실은 일층에 다다라서야 깨달았다. 지나는 그대로 건물 출입구를 빠져 나갔다.

준오가 퇴근하기 전에 짐을 챙겨서 나갈 생각이었다. 하지만 집에 오자 아무것도 하고 싶지 않았다. 마땅히 갈 곳이 있는 것도 아니었다. 지나는 불도 켜지 않은 채 바닥에 누웠다. 옥상에서 본 장면이 머릿속에서 떠나지 않았다. 뭐, 별일 아닐 수도 있었다. 술에 취한 누군가가 옥상에서 잠이 들었다가 옷을 벗어놓고 내려간 것일 수도 있었다. '그런데 도대체 왜? 그것도 십일월에. 아니지. 옷을 두고 간 건 몇 달 전일 수도 있지. 일 년 넘게 문 하나를 사이에 두고 옥상을 넘어가본 일이 없으니.' CCTV를 확인해보지 않은 것을 후회했다. 그랬다면 적어도 옷 주인이 살아 있는지 정도는 확인할 수 있었을 터였다. '그런데 내가 도대체 왜. 지금 이 순간도 이 세상 곳곳에선 누군가가 막 스스로 목숨을 끊었거나 목숨을 끊으려 시도하고 있을 텐데. 누가 읽을까 싶은 신문에마저 실리지 않을 그 일들에 내가 무슨 자격으로 관여하려는 거지.' 그런 생각을 하다보니 눈이 감 겼다. 그리고 꿈을 꾸었다. 옥상에 놓인 옷 밖으로 얼굴과 손의 윤곽이 그려져 있었다. 지나는 그 형상에 천천히 다가갔지만 희미한 윤곽 외에는 얼굴을 이루는 무엇도 없었다. 눈도, 코도, 입도, 귀도. 당연히 숨도 쉬지 않았다. 지나는 빨간 펜을 들고 윤곽 속에 이목구비를 그려넣으려 했다. 하지만 어떤 얼굴을 그려야 할지 알 수 없었다. 어떤 얼굴도 떠오르지 않았다.

눈을 떴을 때는 이미 한밤중이었다. 준오는 보이지 않았다. 시간을 확인하니 새벽 한시가 넘어 있었다. 준오에게 전화를 걸려다가 그만두었다. 다시 눈을 떴을 때는 창밖이 밝아 있었다. 곽부장이 보낸 문자가 와 있었다. "잠깐만 쉬다 와. 딱 일주일이야." 준오에게선 아무런 연락이 없었다.

지나가 일주일 뒤도, 사흘 뒤도 아닌 그날 오후 회사에 간 것은 물론 옥상에 가기 위해서였다. 몰래 들어갈 생각이었는데, 입구에서 홍선배와 마주쳤다.

"어제 왜 그랬어. 지나씨 판 나눠 짜느라 우리 다 열시에 퇴근한 거 알아?"

곽부장은 지나를 보고도 아무 말 하지 않았다. 그날따라 기사가 나오는 시간이 늦어지고 있었다.

"오늘도 칼퇴하긴 글렀네."

홍선배는 믹스커피를 타 와서 지나에게 건넸다.

"지나씨, 그거 알아? 박기자랑 총무부 선애씨랑 몰래 만난대. 양선배가 주말에 시내에서 둘이 같이 있는 거 봤대."

지나는 지난 주말의 기억을 더듬어보았다. 금요일 저녁 친구를 만나러 간 준오는 토요일 저녁이 다 되어서야 돌아왔다. 이 차가 파하고 근처에 있는 친구 집에서 잠들었다고 했다.

"그런데, 이상해. 정기자 말로는 토요일에 미술관으로 취재하러 갔다가 박기자가 어떤 여자랑 있는 걸 봤는데, 아무래도 낯이 익어서 유심히 봤더니 글쎄, 일층 커피숍 아르바이트생 같다는 거야."

지나는 대꾸할 말을 찾을 수 없었다. 화가 나지는 않았다. 준오와의 관계에서 늘 한 발 뒤로 물러서 있던 것은 지나였다.

"그런데 자기 괜찮아?"

지나는 대꾸 없이 자리에서 일어섰다. 컵을 씻으러 가는 척 사회부 파티션을 지나쳤지만 준오의 자리는 비어 있었다. 외근을 나갔을 시간이었다. 물론 준오가 자리에 있었더라도 아무것도 물을 수 없을 터였다. 지나는 컵을 씻어 건조대 위에 올려놓은 뒤 자기 자리를 지나쳐 옥상으로 올라갔다.

옥상문은 굳게 잠겨 있었다. 지나는 계단에 앉았다. '어쩌면 내가 잘못 본 걸 수도 있어. 그럼 준오는? 준오도 그날 같이 봤는데.' 오후 네시. 지금쯤이면 기사가 한두 꼭지 정도는 나왔을 터였다. '나는 여기서 뭘 하고 있는 걸까. 제대로 도망가지도 못하고 그렇다고 쉽사리 적응하지도 못하고. 언제까지 경계선에 선 채로 살아가야 할까.'

이전에도 신문사를 나갈 결심을 몇 번이나 했다. 포장이사도 아닌 일반이사로 전 직원 모두가 책상과 의자, 맥에 일일이 비닐봉지를 씌워서 이곳까지 날랐던 초봄. 전날까지 화창했던 하늘이 그날 오전부터 흐려지더니 급기야 비가 쏟아지기 시작했다. "비 오는 날 이사하면 대박 난다던데." '누군가 그런 농담을 했지만 아무도 웃지 않았지. 한여름에 나들이랍시고 계곡에 갔던 날은 어떻고. 사주 아버지의 사유지라는 휴양림 평상에 상을 열 개나 펴고 둘러앉아 오십 인분의 고기를 구워 먹었어. 기름때가 눌어붙은 불판 열 개를 일일이 닦고 베어 문 자국이 남아 있는 음식물 쓰레기를 모아서 버린 건 몇 안 되는 여직원들이었지. 그리고 남녀 비율을 맞춰 피구게임을 했는데, 나를 보호해준답시고 은근슬쩍 어깨를 감싸던 축축한 손길. 나는 그때 왜 아무 말도 하지 못했을까? 아, 노래자랑도 했지.' 준오는 그날 옛날 가요를 불렀다. 아마 준오가 태어나기도 전에 나왔을 노래를. '그뿐만이 아니야. 명절 특집호를 한 묶음씩 들고 기차역 앞 광장에 갔던 추석 전날. 신문을 한 부씩 나눠주는 내 손을 외면하고 지나치던 행인들. 신문을 건네며 웃는 내 얼굴을 마침 신문기자가 포착해서 다음 호 신문 1면에 실렸지. 당연히 즐거워서 웃었던 게 아니지. 그렇게라도 감정을 위장하고 싶었어.' 어쨌든 지나는 그런 순간들을 무사히 통과했다. '또 이렇게 견딜 만한 일 년을 지나 다음 일 년으로 다가가는 걸까.'

계단을 내려가려는데, 비상문이 열렸다. 준오였다.

"역시 여기 있었구나."

"웬일이야?"

"웬일이라니, 걱정돼서 왔지."

"네가 내 걱정을 해?"

지나는 자신의 말투가 날이 서 있다는 것을 자각하고는 어쩐지 궁색한 기분이 되었다.

"사직서 냈다며."

"누가 그래."

"나한테 말도 없이. 솔직히 야속했는데, 너를 그냥 이해하기로 했어."

"그게 지금 중요하니?"

"그럼 뭐가 중요한데?"

'그러니까 어쩌면 이 건물 어딘가에서 일어나선 안 되는 일이 일어나고 있는 건 아닐까. 그 낌새를 느끼면서도 그냥 모르는 척 눈을 감고 있는 건 아닐까. 다들 견딜 만한 일이 아닌 일들을 견뎌내고 있는 건 아닐까. 견뎌내면 안 되는 일을.' 준오가 뭐라고 입을 떼기도 전에 지나는 몸을 돌려 계단을 내려갔다.

준오가 없는 주말은 생각보다 길었다. 지나는 오전 내내 눈을 뜬 채 천장을 바라보며 누워 있었다. J시로 갈 결심을 하자 숨통이 트였다. J시까지는 고속버스로 한 시간 반가량이 걸렸다. J시를 떠난 뒤로도 종종 그곳을 찾아갔지만 낙원맨션에 가기 위해 J시에 가는 것은 처음이었다. 고속버스에서 내려 택시를 탔다.

"낙원맨션 가주세요."

"낙원맨션?"

택시기사가 뒤를 돌아보았다.

"Y동 가달라는 거지?"

택시에서 내린 지나는 동네 풍경이 기억 속과 그리 달라지지 않았음에 묘한 위안을 받았다. 하지만 정작 낙원맨션은 보이지 않았다. 낙원맨션이 있었을 것이라고 짐작되는 자리에는 예식장이 들어서 있었다. 골목으로 올라가자 세탁소와 치킨집, 편의점, 과일가게가 차례로 나타났다. 분명했다. 분명히 여기가 맞았다. 별이를 놓고 돌아섰던 골목이었다.

엄마가 집을 나간 다음날, 엄마가 두고 간 휴대전화가 울렸다. 지나는 아빠의 눈을 피해 소리를 죽여 전화를 받았다.

"성진아씨 계세요?"

"나갔어요."

"언제 들어와요?"

"몰라요."

엄마를 찾는 전화는 일주일에 한 번, 나흘에 한 번, 두 시간에 한 번꼴로 왔다. 전화를 끊고 나면 거짓말을 한 기분이었지만 거짓말은 한 적이 없었다. 성진아는 나갔고 언제 들어올지 알 수 없었다. 하지만 어떤 말은 있는 그대로 말하는 것 자체로도 거짓말을 하는 것처럼 느껴졌다. 그리고 가끔 이런 전화.

"진아야."

가파른 진폭으로 오르내리던 남자의 숨소리가 가라앉을 때까지 지나는 수화기를 놓지 않고 귀에 대고 있었다.

"벼리가 새끼를 낳았어. 두 마리를 낳았는데, 한 마리는 낳자마자 죽었어. 남은 새끼가 너를 닮았어. 너 등에 점 있지. 딱 그 위치에 점이 있어. 수박씨만한 점."

남자의 목소리 너머로 개 짖는 소리가 들렸다. 남자는 수화기를 든 채 잠이 들었다. 지나는 남자가 잠든 뒤 남자는 듣지 못할 남자 집의 소리를 다 들을 수 있었다. TV에서 나오는 광고 소리, 개들이 낑낑대는 소리, 선풍기가 돌아가는 소리 등. 지구에 있는 사람은 달의 뒷면을 볼 수 없다고 했다. 자신의 눈으로 자신의 뒤통수를 볼 수 없듯이. 지나는 남자의 뒤통수를 오래 바라보았다. 그것은 눈을 감고도 가능한 일이었다. 그런 날들 중 어느 날 학교에서 돌아오니 현관문 경첩에 달려 있던 우유주머니가 바닥에 내려져 있었다. 우유주머니가 움직이기에 열어보니 강아지 한 마리가 머리를 쏙 내밀었다. 등에 수박씨만한 점이 있는 새끼였다.

아빠가 알면 벼리의 새끼를 쫓아낼 것이 분명했다. 지나는 아빠가 집에 있는 저녁이면 벼리의 새끼를 벽장 안에 숨겨두었다가 아빠가 퇴근해서 오기 전에 벼리의 새끼를 데리고 밖으로 나왔다. 상가가 있는 정문이 아닌 후문 뒤쪽 골목을 돌아다녔다. 벼리의 새끼는 수풀 사이나 박석 사이 틈에 코를 박고 킁킁대거나 담배꽁초, 닭뼈 따위를 입에 넣고 씹었고 소변을 보느라 자주 멈추어 섰다. 지나는 미용실 앞을 지날 때마다 속도를 늦추고 안을 들여다보았다. 유리창 너머에서 풍기는 진한 약품 냄새가 좋았다. 그 동네에는 미용실이 유난히 많았다. 한 골목에 두서너 집이 미용실이었다. 미용실 옆에는 치킨집, 치킨집 옆에는 김밥집, 김밥집 옆에는 미용실. 지나는 어느새 간판을 보지 않고도 냄새만으로 골목 안 상점들을 알아맞힐 수 있게 되었다.

집 앞에 도착할 즈음이면 벼리의 새끼가 딴청을 피웠다. 집 반대 방향으로 고개를 돌렸고 때로는 땅에 붙인 발에 힘을 주고 버티고 섰다. 낙원맨션에 사는 할머니들이 가끔 말을 걸었다.

"이름이 뭐고?"

"지나요."

"아이고, 사람 이름 같네."

"사람이니까요."

지나는 벼리의 새끼에게 별이라는 이름을 지어주었다.

냄새가 나지 않는 가게들도 슬슬 눈에 들어왔다. 편의점, 부동산, 수선집, 신발가게, 인쇄소……. 그러다 세탁소 앞에서 발을 멈추었다. 훈김이 뿜어져 나오는 안쪽을 바라보았다. 한여름이었고 바깥의 열기에 숨이 막힐 지경이었는데도 지나는 세탁소 안에서 모락모락 피어오르는 김에, 그 김이 퍼뜨릴 온기에 마음을 녹이고 싶었다. 가게 간판을 이정표 삼으며 걷다보니 오래 가지 않아 골목 지리가 제법 눈에 익었다. 뚜렷한 경계가 있는 것이 아닌데도 지나는 그 일대를 벗어나지 않고 매일 같은 골목을 맴돌았다.

"진아야. 벼리의 새끼가 죽었어."

지나는 산책을 다녀와 물을 먹은 뒤 옆으로 누워 있는 별이의 배에 손을 대보았다. 별이의 몸이 고르게 오르내렸다. 별이가 눈을 뜨고 지나를 바라보았다. 새털 같은 꼬리를 흔들었다. 남자에게는 누군가의 죽음을 꾸며대서라도 누군가를 곁으로 불러오고 싶은 순간이 있으리라는 것을 지나는 이해했다.

그러던 어느 날 아침 방문 너머에서 들려오는 소리에 문을 열고 나가보니 주방에 서 있는 엄마의 뒷모습이 보였다. 소리에도 온기가 있다는 것을 지나는 그날 처음 알았다. 엄마가 돌아온 뒤에는 더이상 별이를 집 안에 둘 수 없었다. 엄마가 심하게 기침을 해댔기 때문이다. 엄마의 얼굴이 눈물과 콧물로 뭉개져갔다.

입사한 지 이 년이 지났지만 지나는 여전히 신문사가 있는 건물의 비상계단을 오르내렸다. 준오는 시청 공보관으로 임명되어 나갔고, 윤선배는 차장으로 승진했으며, 홍선배는 지나와 단둘이 있을 때마다 윤선배의 승진을 두고 볼멘소리를 했다. 옥상문은 그뒤로 단 한 번도 열린 적이 없었다. 잘못 기억하는 것일까 싶어질 때쯤 옥상에서 본 정체불명의 형상이 꿈에 나왔고 그때마다 빨간 펜으로 얼굴을 그리다가 잠에서 깼다. 어느 날은 준오였고, 어느 날은 엄마였으며, 어느 날은 얼굴은 본 적 없고 목소리만 들었던 남자였다. 지나가 스쳐지나온 모든 얼굴이 꿈속에서 나타났다 사라졌다. 그리고 어느 날은 사람이 아닌 개였다. 그뒤로는 그 꿈을 꾸지 않았다.

지나에게 생수를 건넸던 남자를 비상계단에서 종종 마주치곤 했다. 그는 자신을 출판사 마케터라고 소개했다.

"비상계단을 이용하는 사람이 생각보다 많아요. 근데 그쪽은 마치, 아무도 보이지 않는 사람처럼 다니더라고요. 누가 나타나도 놀라지 않고 정면에서 마주쳐도 피하지 않고."

약속이 있는 주말이 늘어갔다. 한동안 J시에 가지 못했다. 어느 날 남자가 떠나가기 전까지. 그는 지나도 한 번쯤 들어본 대형출판사로 이직하게 되었다고 했다. 이번에도 화가 나지는 않았다. 남자는 이 건물을 떠나는 것뿐이었다. 이 건물에 있는 모든 것을 그대로 남겨둔 채 떠나는 것이 당연했다.

"여기서 딱 일 년만 채울 생각이었는데, 생각보다 일찍 나가게 됐네."

"뭐가 고마웠어?"

"뭐가?"

"작년 가을 처음 본 날에 나한테 그랬잖아. 고마웠다고."

"난 그런 적 없는데. 그리고 나 올해 초에 입사했어."

그 주 주말 지나는 J시에 가는 버스를 탔다.

지나는 별이를 놓고 돌아섰던 곳이라고 생각되는 녹슨 대문 앞에서 걸음을 멈추었다. 골목 안 집들의 대문은 다 비슷비슷했기 때문에 지나는 몇 걸음에 한 번씩 걸음을 멈추고 문

틈 사이를 들여다보았다. 해가 질 무렵 골목에서 우연히 별이를 만났다. 이십 년 가까운 시간이 흘렀음에도 불구하고 별이의 몸집은 자라지 않고 그대로였다. 지나는 별이 뒤를 따라 골목에서 골목으로, 더 좁은 샛골목으로 들어갔다. 어느 순간 별이는 눈앞에서 자취를 감추었다. 지나는 별이가 흩뜨려놓은 공기의 기류를 따라갔다. 가로등도 없는 골목 끝에 이르러서야 골목을 빠져나가는 길을 잃었다는 것을 깨달았다. 이번에는 별이가 지나를 버린 것이었다. 어디선가 별이가 짖는 소리가 들렸다. 지나는 눈을 감고 소리에 귀를 기울였다. 소리는 방사형으로 퍼져나가기 때문에 소리가 시작된 곳을 가늠하기 어려웠다. 지나는 어둠이 완전히 내려앉을 때까지 골목 끝 집 담벼락에 몸을 기대고 서 있었다. 별이에 대한 애도가 아닌 자신의 안도를 위해서였다. 스스로가 죄의식을 느낄 수 있는 인간이라는 느낌. 지나에게는 그것이 필요했다.

어쩌면 이곳은 낙원맨션 뒤에 있던 그 골목이 아닐 수도 있었다. 낙원맨션이 허물어진 자리에 무엇이 지어졌는지 모를 일이었다. 그럼에도 불구하고 잠에서 일찍 깬 주말이면 J시로 가는 버스를 탔다. 그리고 같은 골목을 오랜 시간 걸었다. 이곳이 마치 지나가 걸어서 갈 수 있는 가장 먼 곳처럼 여겨졌다. 낙원맨션 없는 낙원맨션이라도 상관없었다. 지나에게 중요한 것은 진짜와 가짜를 가르는 것이 아니었다. 기억의 조각들은 골목 어디에나 있었고, 어디에도 없었다. 오래전 학교 수업을 마치자마자 별이를 찾아 골목을 헤매고 다니던 날들이 떠올랐다. '그랬나. 진짜 내가 별이를 찾으러 다녔나.' 어느 날은 별이를 보고도 못 본 척 고개를 돌리다가 결국 뒤돌아 달리던 순간이 떠올랐다. '그랬나. 그게 진짜 별이가 맞았을까.' 맞을 수도 있고, 아닐 수도 있다. 세상에 일관된 진실이란 것이 있을까. 누구에게나 진실이며, 언제 어느 때나 진실인 것이 하나라도 있을까. 매 순간 끝없이 나고 죽는 것이 진실의 속성이라면 어차피 누구도 진짜 진실을 영영 알 수 없는 것이 아닐까. 진실의 가능태들 중에서 각자가 선택한 진실을 진짜 진실이라 믿고 살아가는 것, 그것이 각자에게 마땅한 삶의 방식이지 않을까.

지나는 엄마에게 전화를 걸었다. 이제껏 한 번도 묻지 않은 질문을 하기 위해서였다.

"엄마, 나 어릴 때 집 나간 적 있지? 기억 나?"

엄마는 집을 비웠던 기간을 일주일 남짓으로 기억하고 있었다. 지나는 엄마의 대답에 놀랐다. 두 사람의 기억이 다르기 때문이 아니라, 엄마가 집을 나간 것이 자신이 만들어낸 기억이 아닌 실제로 일어났던 일이라는 것 때문이었다. 두 사람 중 누가 맞게 기억하고 있는지는 중요하지 않았다. 엄마의 기억이 맞을 수도 있다. 엄마에게는 그 시간이 일주일만큼의 시간이었을 수도 있다. 일주일이든 아니든, 그보다 짧은 시간이든 긴 시간이든 그만큼의 시간이 그때의 엄마에게는 최선이었을 터다. 이 순간 지나는 자신을 등질 수밖에 없었을 모든 마음을 떠올려본다. 그것이 당위이기 때문이 아니라 각자의 최선이기 때문에 선택했을 이들의 마음을. 그리고 내가 없는 곳에서 나를 찾고 있을, 잘못 찾아간 곳에서도 그것이 잘못인지 모른 채, 혹은 잘못인 줄 알면서도 별다른 도리가 없음에 스스로를 위안하고 있을 모든 이의 진실하면서도 그릇된 마음을 헤아려본다.

길을 잃은 용서는 막다른 골목에서 끝났다.

최소화의 순간

내년에 새 차를 사자고 했다. 근수의 말에 선혜도 그러자고
했다.

"내년엔 꼭. 새 차를 사자."

흔한 접촉 사고였다. 근수가 골목길 커브를 돌다가 전봇대
를 들이받았다. 운전석 문이 찌그러지고 손잡이가 움푹 들어
가 밖에서는 차문을 열 수 없었다. 조수석 문을 열고 들어가 운
전석으로 넘어가는 수밖에 없었다. 그렇게 몇 주를 보냈다. 그
러는 동안 그들은 변속레버와 핸드브레이크를 건드리지 않고
좌석을 능숙하게 넘어가는 요령을 차차 터득하게 되었다.

"내년엔 꼭 새 차를 사자. 어차피 새 차를 살 건데, 왜 고쳐."

선혜는 문짝을 새로 갈고 싶었지만 근수의 뜻에 따르기로
했다. 그들은 손잡이만 고치는 것으로 수리를 간단히 끝냈다.

문 가운데가 찌그러지고 그 주위로 가느다란 홈집이 눈가의 주름처럼 겹겹이 나 있었다.

"딱 올해까지만 타는 거야. 올해까지만 타고 내년에는 꼭 새 차를 사자. 중고차가 아닌 새 차로."

"올해는 때가 아니야"라는 말로 미루어온 지 수년째였다. 틀린 말은 아니었다. 새 차를 사기에 적당한 때였던 해는 이제껏 없었다. '내년에는 또 어떤 사고가 생길지 모르지.' 선혜는 꼬리에 꼬리를 물고 반복되는 불운에 익숙했다. 불운. 그렇다. 불행보다는 불운이라는 말이 적절했다. 운이 없었을 뿐이다. 자동차 접촉 사고쯤이야 환절기 감기 같은 것. 그들은 되풀이되는 온갖 사고에 면역이 된 지 오래였다.

그럼에도 불구하고 믿기로 했다. 믿지 않는 편이 더 쉬웠지만 믿는 편을 택하기로 했다. '내년에는 새 차를 살 거야. 우리가 한 번도 가져보지 못한 번듯한 차. 번쩍번쩍 광이 나는 차. 막 다림질한 듯 구김 하나 없는 차. 다른 사람의 손을 타지 않은 차. 시트에 타인의 체취가 스며들지 않은 차를 말이지.' 그렇게 믿음을 갱신하며 뜨겁디뜨거운 여름 한철을 보냈다. 갱신되는 것은 믿음만이 아니었다. 불운 역시 일정하지 않은 주기로 갱신되기는 마찬가지였다.

선혜와 근수는 지금껏 새 차를 가져본 적이 없었다. 그들의 첫 차는 근수의 고등학교 동창에게서 거의 공짜로 얻은 것이었다. 그 당시에도 차는 매우 낡아 있었지만 그들은 차를 가졌다는 사실만으로도 한껏 들떴다. 아직 차를 갖기 전인 언젠가 초등학생이던 그들의 딸 보라가 이렇게 말했다.

"우리 반에 차가 없는 집은 나랑 걔네뿐이야."

보라가 말하는 '걔'를 선혜도 알고 있었다. 이 학년 새 학기가 시작되던 날이었다. 선혜는 보라를 데리러 학교에 갔다가 그 아이를 보았다. 고만고만한 반 아이들 틈에서 단번에 눈에 띄는 아이였다. 아이의 부모는 오지 않았다. 할머니와 산다고 했다. 선혜는 아이의 집까지 데려다주었다. 아이의 집에 도착할 때까지 보라는 아이의 손을 잡지도, 아이에게 말을 걸지도 않았다. 보이지 않는 자성이 서로를 밀어내기라도 하듯 두 아이는 좀체 가까워지지 않는 거리를 두고 걸었다. 아이가 사는 동네 어귀에 접어들었다. 아이는 고갯짓으로 인사한 뒤 잽싸게 골목 안으로 뛰어갔다. 몇 번쯤 보라에게 아이를 집으로 초대하자고 했지만 이 학년을 마칠 때까지 아이를 다시 보지 못했다.

선혜는 근수에게 면허를 따자고 했다. 이사를 막 마쳤을 때라 생활비가 빠듯했지만 근수도 동의했다. 그해 여름 두 사람은 함께 운전면허학원에 등록했다. 근수는 두 번 만에 실기시험을 통과하고 면허증을 땄지만 선혜는 거듭 떨어지며 수차례 재시험을 치렀다. 마침내 운전면허증을 발급받아 손에 쥐었을 때 선혜는 뿌듯한 성취감을 느낄 여력도 없을 만큼 몹시 지쳐 있었다.

햇볕이 유독 뜨겁던 한여름, 그들의 첫 차가 집 앞에 도착했다. 1992년형 까만색 캐피탈이 땡볕 아래 반짝였다. 구두약을 여러 번 덧바른 듯 구석구석 광이 났다. 차를 그들 명의로 등록하고 몇 달이 지날 동안에도 선혜는 운전대를 잡지 못했다. 근수 역시 차를 출퇴근용으로만 썼다. 그들은 차를 몰고 도시 경계를 벗어나 먼 곳까지 떠날 엄두를 내지 못했다. 자동차 상태도, 근수의 운전 실력도 미덥지 않았기 때문이다. 출퇴근길 도로 한복판에서 몇 번이나 시동을 꺼뜨리곤 했다. 그때마다 뒤차는 일초도 기다리지 않고 클랙슨을 울려댔다. 예정대로라면 고등학교 동창이 이미 폐차했을 그 차를 그들은 삼 년가량 타고 다녔다. 그사이 차는 이미 제 수명을 넘겼지만 그들은 용케 사고 한 번 내지 않았다. 그리고 두번째 차로 바꾸면서 드디어 그 차를 폐차했다. 차를 살 때 지불한 비용보다 폐차 비용이 조금 더 들었다.

두번째 차는 근수의 직장 동료의 것이었다. 2002년 한일월드컵이 한창이던 여름, 근수의 직장에 시끄러운 일이 있었다. 옆 부서의 동료 하나가 몇몇 동료에게 빚보증을 부탁해 대출받은 후 잠적한 것이었다. 보증을 서준 직장 동료 중 하나가 근수에게 차를 사지 않겠느냐고 제안했다. 그 차가 그들의 차가 되기 두 달여 전 선혜도 그 차를 타본 적이 있었다. 근수의 회사에서 사내 행사가 있던 날이었다. 행사가 끝나고 뒤풀이 자리로 이동하기 위해 근수와 선혜는 동료의 차 뒷좌석에 탔다. 앞좌석 한가운데에 소형 TV가 설치되어 있었다. 전원이 꺼진 새카만 화면에 비친 자신의 얼굴을 선혜는 물끄러미 바라보았다.

그로부터 불과 두 달 뒤 겉은 듬직하고 속은 아늑한 그 차의 좌석에 몸을 파묻게 될 줄은 상상도 하지 못했다. 직장 동료는 급하게 돈을 마련해야 했기에 중고차 시세보다 훨씬 저렴하게 근수에게 팔았다. 폐차 직전의 차를 타던 그들에게 2000년형 금색 카니발은 새 차나 다름없었다. 그들은 그 차를 십 년이 넘게 탔다. 그들은 그 차로 전국 곳곳을 돌아다녔다. 그 차를 타고 강원도와 해남, 부산과 인천, 육지와 바다가 맞닿은 경계에 이르기까지 달리고 달렸다. 근수가 통근열차를 타고 출근하는 날이면 선혜는 운전 연습을 했다. 차 열쇠를 손에 쥘 때마다 저릿한 감촉을 느꼈다. 혈관에 섞인 긴장감이 쇠의 싸늘한 물성에 닿아 발생하는 짧은 전류. 선혜는 몇 번의 가벼운 접촉 사고를 겪으며 선 안에 맞추어 반듯하게 주차하는 법과 차선을 제때 바꾸는 법, 좁은 골목 안으로 들어서다 맞은편에서 오던 차와 마주쳤을 때 서로에게 길을 터주는 법을 몸으로 터득했다.

선혜는 차차 운전에 익숙해졌다. 갓 운전대를 잡았을 때는 쭉 뻗은 직선도로에서도 차체가 뻣뻣하게 긴장해 있는 느낌을 강하게 받았다. 핸들을 잡은 손에서부터 퍼져나간 긴장감이 온몸을 마비시킬 듯했다. 차를 능숙하게 다룰 줄 알게 되고 보니 자동차는 보기보다 유연한 기계였다. 선혜는 자유자재로 방향을 바꾸며 막힘없이 달리는 순간을 즐겼다. 선혜는 보라와 보라 친구 현지를 뒷자리에 나란히 태우고 학원에 데려다주었고, 주말에는 동네 친구들과 함께 근교 유원지에 다녀왔으며, 농사를 짓는 언니의 집에 혼자 찾아가 고추나 콩이 담긴 자루를 싣고 오기도 했다.

2006년 그들이 사는 동네의 기차역이 폐역되었고 통근열차도 폐지되었다. 이제 차는 오롯이 근수의 차지가 되었다.

선혜와 근수가 그들의 세번째 차인 2006년형 하얀색 레조를 갖게 된 것은 꽤 큰 사고 때문이었다. 카니발을 십여 년 넘게 타는 동안 자잘한 사고들을 겪었지만 마지막 사고는 폐차를 피하지 못할 만큼 크게 났다. 차체의 절반이 손쓸 수 없을 정도로 일그러졌다. 다행히 인명 피해는 없었다. 이런 순간에야 그들은 '다행'이라는 말을 입에 올릴 수 있었다.

세번째 차의 원주인은 선혜의 큰조카였다. 때마침 결혼하는 큰조카가 미혼 시절 몰던 차를 선혜에게 준 것이었다. 카니발보다야 나은 것은 두말할 필요도 없었지만 레조 역시 그리 성한 수준은 아니었다. 겉으로 드러난 고장 흔적만 없었을 뿐 엔진이 낡아 원하는 만큼 속도를 낼 수 없었다. 하지만 당장 차가 필요했던 그들은 그 정도의 불편 때문에 차를 마다할 처지가 아니었다. 그들은 큰조카가 물려준 그 차를 감사히 받았다.

세번째 차를 갖게 된 뒤에는 총 다섯 번의 크고 작은 사고를 겪었다. 긁혀서 생긴 흠집을 땜질했고 박살난 헤드라이트를 갈아 끼웠다. 시간이 조금 지난 후에는 사소한 흠집에는 신경쓰지 않게 되었다. 아니, 조그만 흠집이 눈에 띄지 않을 만큼 차가 빠른 속도로 낡아갔다. 당연한 일이었다. 그들이 나이를 먹어감에 따라 얼굴에 가느다란 주름이 늘고 거뭇거뭇한 기미가 눈에 띄게 늘어가듯 자동차도 자연스레 낡아가는 것뿐이었다. 인간의 얼굴과 마찬가지로 자동차의 노화 역시 숨기려야 숨길 수 없었다.

이렇듯 그들은 이십여 년에 걸쳐 총 세 대의 중고차를 타고 다녔다. 새 차가 갖고 싶지 않은 것은 아니었다. 그들의 친구나 이웃이 새로 구입한 차를 볼 때마다 슬며시 부러운 마음이 들었고 군데군데 흠집이 나고 연식이 눈에 역력히 보이는 헌 차에 누군가를 태워야 할 때마다 부끄러움을 느꼈다. 자동차는 해가 갈수록 제 모습을 유지할 수 없을 만큼 낡고 부식되었다. 그에 따라 차를 유지하고 보수하며 관리하는 비용이 늘어났다. 폐차하고 대중교통을 이용할까도 생각했지만 그들은 이미 차를 이용해 이동하는 생활에 익숙해 있었다. 차가 없는 때로 돌아갈 수는 없을 터였다.

그들이 처음 탔을 때 차 안 가득히 풍기던 은은한 방향제 냄새는 어느덧 걷히고 차에서는 담배 냄새, 땀 냄새, 먼지 냄새, 음식물 냄새 따위가 뒤섞인 역한 냄새가 났다. 사람의 체취나 집집마다 풍기는 고유의 냄새처럼 차에도 지문처럼 냄새가 배어 있었다. 냄새는 그들의 생활 습관과 식생활을 적나라하게 드러내주었다. 시트와 바닥에 탈취제를 뿌리고 차창을 모조리 열어 반나절가량 환기해도 그때뿐, 차량이 제 몸 깊숙이 머금고 있던 냄새는 또다시 스멀스멀 올라와 내부를 가득 메웠다. 선혜는 어느 순간 냄새를 완전히 없애는 것을 포기했다. 차라리 받아들이는 편을 택했다. 스스로 받아들이지 못한다면 쉽게 익숙해지지 않는 역한 냄새와 그에 따른 비참함이 그들을 불시에 습격할 터였다. 그러느니 차라리 울타리를 두르듯 그것들을 껴안고 사는 편이 낫다고 결론지었다. 그들의 차에 또 어떤 불운이 언제 닥칠지 모를 일이었다. 선혜는 틈만 나면 자동차 사고 관련 뉴스를 검색해 기사를 읽곤 했다. 그렇게 앞으로 겪게 될지도 모르는 불운의 목록을 작성해갔다.

언제부터였을까. 선혜는 자신이 가질 수 있는 것과 가질 수 없는 것을 명확히 구분할 줄 알게 되었다. 당연히도 가질 수 없는 것이 더 많은 비율을 차지했고 격차는 갈수록 커져갔다. 온 가족과 함께 떠나는 해외여행, 근사한 풀빌라에서 보내는 짧은 휴가, 더 넓은 평수의 신축 아파트로의 이사, 한 달 월급이 훌쩍 넘는 가격의 명품 가방, 한겨울을 초라하지 않게 날 수 있는 밍크코트, 그리고 무엇보다 새 차. 다른 사람이 쓰다가 헐값에 처분한 중고차가 아니라 그 누구도 사용한 흔적이 없는 새 차. 외형은 물론이고 내부 부품 하나하나까지 모조리 공장에서 갓 생산된 새것으로 조립을 마친 차. 거리낌 없이 가족 이외의 사람들을 태울 수 있는 그런 차를 선혜는 포기한 지 오래였다.

근수가 정년을 채우지 못하고 명예퇴직을 한 후 그들은 이십사 시간 편의점을 운영하게 되었다. 그들은 이십사 시간을 이등분해 열두 시간씩 일했다. 하루에 단 몇 시간이라도 아르바이트생을 고용할까 망설였지만 그렇게 하지 않기로 했다. 인건비를 빼면 남는 수익이 턱없이 적어서이기도 했지만 그에 앞서 그들 모두 사람을 부릴 줄 몰랐기 때문이다. 개점 당시 대학생이던 보라가 수업을 마치면 이따금씩 가게 일을 도우러 오곤 했다. 그리하여 '가질 수 없는 것'의 목록에 한 가지 항목이 더 추가되었다. 온 가족이 함께하는 저녁식사.

둘이서 교대로 돌아가며 열 몇 시간씩 일했음에도 불구하고 그들의 손에 남는 순이익은 얼마 되지 않았다. 생활비와 보라의 학비를 제외한 돈은 오롯이 빚을 갚는 데 썼다. 가게를 열면서 받은 대출금과 다달이 나가는 전기세와 수도세, 물품비 등이 월급에서 제외되었다. 빚은 그것만이 아니었다. 아직 완전히 상환하지 못한 아파트 대출금과 관리비, 자동차세, 카드론의 이자가 일정한 주기로 꼬박꼬박 통장에서 빠져나갔다. 한마디로 그들의 월급은 모두 빚을 갚는 데 쓰였다. 그렇게 매

달 빚을 갚는데도 빚은 다달이 늘어났다.

마치 거대한 홍수 같았다. 구멍으로 빠져나갈 수 없을 만큼 어마어마한 양의 빗물이 하수구를 가득 채우고도 끝없이 차올라 그들의 발목과 허벅지, 허리와 목을 넘더니 머리끝까지 잠식해갔다. 사방이 물뿐이라 산소가 턱없이 부족할 텐데도 용케 숨이 쉬어졌다. 물속에 갇혀 끊임없이 허덕이는 와중에도 웬일인지 저 아래 깊은 바닥으로 가라앉지는 않았다. 쉴새없이 발을 구르고 힘없이 팔을 허우적대기를 되풀이하며 감옥 같은 물속을 한 발, 한 발 헤엄쳐나갈 수 있었다.

그들에게는 일상을 살아가는 일 자체가 헤엄과도 같았다. 완전히 가라앉지 않기 위해 가까스로 버티는 것. 계속 헤엄을 치다보면 아가미와 지느러미가 돋고 손가락과 발가락 사이사이마다 물갈퀴가 생기며 물속에서 살아남기 위해 필요한 부위가 하나둘 생겨나지 않을까. 수영을 배운 적 없는 선혜는 흐느적흐느적 물속을 걷다시피 유영했다.

보라는 서른이 되기 몇 달 전 새 차를 샀다. 취직한 지 이 년째 되던 해였다. 2017년산 K3. 선혜는 차를 사겠다는 보라를 회유하려 했다. 단 몇십만 원이라도 좋으니 적금을 더 넣으라고 했다. 자동차를 사면 돈을 모을 수 없다고 했다. 유류비부터 각종 관리비와 보험비, 세금에 시달리게 될 것이라고 했다. 차를 사는 것은 빚을 사는 것이나 마찬가지라고.

"너도 이제 슬슬 결혼 자금 마련해야지."

"결혼은 개뿔."

선혜의 끈질긴 설득에도 보라는 끝내 새 차를 계약했다. 타지에서 직장을 다니는 보라가 집에 내려올 때마다 선혜는 휴대용 청소기로 바닥을 훑고 탈취제를 듬뿍 뿌리고 마른 수건으로 유리창 자국을 닦았다. 그들의 차에 얼룩덜룩 내려앉은 먼지 더께는 개의치 않았지만 보라의 차에 생긴 아주 작은 티끌 하나는 선혜의 눈에 거슬렸다.

"내버려둬. 눈에 보이지도 않잖아."

"이게 안 보인다고?"

선혜는 차를 훔친 수건을 보라의 눈앞에 들이밀었다.

"이렇게 시커먼 게 안 보이니?"

"뭐 이런 걸로 그래. 내가 아무렇지도 않다는데."

"아무렇게나 생긴 것들을 아무렇지 않게 여기며 살지 마."

선혜는 보라의 차를 닦은 수건을 찬물에 헹구었다. 맑았던 물이 금세 탁한 구정물로 변했다. 선혜는 수건에 빨랫비누를 박박 문질러 힘차게 비벼 빨았다. 거뭇한 비누 거품이 보글보글 일었다. 수건을 찬물에 여러 번 헹구는 동안 구정물이 선혜의 흰 티셔츠 곳곳에 튀었다. 얼룩으로 남을 테지만 괜찮았다. 이런 것쯤이야 아무렇지 않았다. 티셔츠에는 이미 지워지지 않는 얼룩이 많았다. 십수 번을 문질러서 빨기를 반복해도 희미해질지언정 사라지지 않는 얼룩들이. 옷에 인쇄된 무늬처럼 깊숙이 스며든 얼룩들이. 수건을 헹군 구정물이 수챗구멍으로 회오리치며 빨려들어갔다.

"삼 년만 타고 엄마 줄게."

"그럼 너는?"

"새 차 사야지."

선혜는 보라의 차가 아파트 어귀를 돌아 시야에서 완전히 사라질 때까지 고개를 빼고 바라보았다.

보라가 삼 년 후에 주겠다고 약속했던 차의 핸들을 선혜는 결국 잡아보지 못했다. 홍수 때문이었다. 보라가 차를 산 이듬해 여름, 보라가 사는 지역에 연일 기록적인 폭우가 쏟아졌다. 보라는 아파트에 발이 묶인 채 이틀을 기다렸다. 주차장에 세워둔 차가 절반가량 빗물에 잠겼다가 서서히 물을 뱉어내는 광경을 별수 없이 내려다보았다.

비가 그친 후에도 빗물이 완전히 마르기까지는 며칠이 걸렸다. 보라는 중고차시장에 차를 헐값에 내놓았다. 차 부품들이 빗물에 부식되었으리라는 것을 모르지 않았다. 피부는 멀쩡하지만 장기가 손상되어 제 기능을 못 하는 허울뿐인 신체와 같다는 것을. 이 역시 단지 운 때문이었다. 차가 물에 잠긴 것은 불운에 불과했다. 불운은 인간 생태계에서 사라진 적 없는 필요조건이었다. 마찬가지로 이 차의 새 주인도 복불복에 실패한 것뿐일 터다. 불운이 낳은 불운을 피하지 못한 것뿐.

138

불운은 언제나 그랬듯 이번에도 잇따라 찾아왔다. 얼마 후 보라는 직장에서 정리해고를 당했다.

그런 이유로 그해 여름 세 식구는 오랜만에 한집에서 살게 되었다. 폭염이 기승을 부리던 해였다. 기온은 연일 삼십칠 도를 웃돌았으며 체감 온도는 사십 도를 넘겼다. 습도까지 높아서 전국은 말 그대로 찜통 같았다. 매일같이 폭염 특보가 발효되었다. 가만있어도 얼굴에 땀이 흘러 번들거렸다. 보라는 차를 판 것을 후회했다. 한 정거장 거리도 걸어다니기 힘들었다. 극심한 더위는 통증과 다름없다는 사실을 처음으로 깨달았다. 보라는 일주일만 쉬고 새로운 직장을 알아보려던 원래의 계획을 미루었다.

"내년에는 어떻게든 되지 않을까. 나 올해 아홉수잖아."

내년이면 서른이었다. 또래 중 제대로 된 직장에 다니지 않는 이는 보라가 거의 유일했다. 몇몇 친구는 결혼했고, 그중에서 몇몇 친구는 아이를 낳았다. 보라는 SNS 창의 스크롤을 내리며 그들의 사진을 최근부터 시간 순서대로 하나씩 살펴보았다. 친구들의 아이 중 어떤 아이도 예뻐 보이지 않았다. 가끔씩 홍수가 나는 꿈을 꾸었다. 그들이 사는 집 바로 아래층인 오층까지 빗물로 가득 잠기는 꿈이었다. 꿈속에서 비는 그칠 기미 없이 계속 내려 발목 바로 아래까지 잠기기에 이르렀다. 보라는 식탁 의자에 앉아 맨발을 위아래로 까딱였다. 발가락이 수면에 닿을 때마다 찰박찰박 소리가 났다. 욕실 슬리퍼며 신발

장의 운동화와 구두 따위가 얕디얕은 물의 출렁임을 따라 둥둥 떠다녔다. 보라는 물 위에 이리저리 떠다니던 신발 중 한 켤레에 얼른 발을 꿰었다. 그 순간 잠에서 깼다. 마지막 장면에서 신은 신발이 또렷이 기억났다. 새로 사놓고 한 번도 신지 않은 다갈색 가죽샌들이었다. 신발장을 열고 그 신발을 찾아보았지만 보이지 않았다. 어디에 두었는지 좀처럼 기억나지 않았다.

근수는 예감하고 있었다. 예감이라기보다 체감하고 있었다. 몸 이곳저곳이 시들어가고 있다는 것은 굳이 검진을 받아보지 않아도 알 수 있었다. 근수는 겉보기에도 나이보다 늙어 보였다. 선혜와는 여섯 살 차이가 났지만 손님들은 그들 부부를 심하게는 부녀로 착각하기도 했다. 희끗희끗해진 머리카락과 탄력을 잃고 겹겹의 주름으로 내려앉은 피부뿐 아니라 몸 구석구석의 근육들과 피부 안쪽의 장기들까지 모조리. 그동안 이고 온 세월의 무게를 이기지 못하고 천천히 무너져내리는 중이었다.

하지만 눈의 경우에는 조금 달랐다. 시력이 감퇴하기 시작한 것은 오십 대 중반의 일이었다. 돋보기안경을 쓰기 시작한 것도 그 무렵이었다. 최근 들어 찾아온 급격한 시력 감소가 단순한 노화가 아님을 직감적으로 알았다. 가끔 눈꺼풀 안쪽으로 정전이 찾아오는 순간이 있었다. 수명을 다해가는 형광등처럼 각막이 예고 없이 깜박이곤 했다. 언제 어느 때 어디에서 완전한 정전이 찾아올지 모를 일이었다. 이것은 그저 근수가 일생 동안 숱하게 겪어온 불운 중 하나일 터였다. 별일이 아니었다. 별수 없는 일이었다.

지금껏 살아오는 동안 셀 수 없는 불운을 겪었다. 목표했던 대학에 연이어 떨어져 삼수까지 했지만 결국 하향 지원한 대학에 입학한 일, 발목의 같은 부위를 접질려 세 번이나 깁스를 한 일, 닭뼈를 잘못 씹어 멀쩡한 이가 부러진 일쯤은 불운의 축에도 들지 못했다. 근수의 불운은 그들 부부가 자동차를 소유하기 시작했을 무렵부터 시작되었다. 음주 단속에 걸리거나 신호 위반으로 벌금을 내는 일쯤은 모든 운전자가 몇 차례 거치는 통과의례라고 여길 수 있었다. 접촉 사고로 골절상을 입거나 커브 길에서 갑자기 튀어나온 자전거와 부딪친 일 또한 그랬다. 근수는 몇몇 사고에 대해서는 선혜에게 말하지 않았다. 차가 겪은 우여곡절은 고스란히 차체에 흠집으로 남았지만 선혜는 차를 그리 자세히 관찰하지 않는 모양인지 묻지 않았다.

실명이 되면 어떤 기분일까. 잠이 든 것과 비슷할까. 아닐 것이다. 잠은 의식의 영역이고 시각은 감각의 영역이다. 의식은 더없이 또렷하지만 감각만이 잠든 상태. 오히려 시각을 제외한 다른 감각들은 더 활짝 열릴지 모를 일이다. 청각과 후각, 미각과 촉각을 비롯한 몸의 모든 감각이 세상을 탐색하려 쉬지 않고 활동할 것이다. 그러므로 시각을 잃으면 도리어 세상을 더욱 세세히 느낄 수 있게 될지도 모른다. 육십여 년 가까이 살아오며 저장해둔 시각적 정보에 생생한 감각들이 덧입혀질 것이다. 근수는 젊은 시절 언젠가 어느 책에서 읽었던 "육안이 닫히면 심안이 열린다"라는 문장을 잠시 떠올렸다.

"심안은 개뿔. 병이야 이건."

처음 정전을 겪은 것은 편의점에서였다. 막 도착한 식료품들을 진열하던 중이었다. 삼각김밥 두 개를 한 손으로 집어들고 유통기한을 확인하려 고개를 숙인 순간 눈앞이 컴컴해져 아무것도 보이지 않았다. 근수는 형광등이 나갔다고 생각했다. 그 순간 가장 먼저 손을 뻗은 곳은 냉장 진열대 안이었다. 냉장 진열대를 전기가 나간 상태로 방치해두면 낮은 온도에 보관해야 하는 식품들이 상할 터였다. 근수는 냉장 케이스에 손을 넣어 찬 기운을 확인했다. 다행히 모터 돌아가는 소리가 들렸다. 근수는 냉장고 선반에 손을 올리고 몇 초 동안 망연히 서 있었다. 출입문 종이 울리는 소리가 들렸다. 근수는 출입문으로 짐작되는 쪽을 돌아보았다. 타박타박 발소리가 가까워졌다.

"말보로 레드 하나요."

젊은 남자의 목소리였다. 순식간에 이 상황이 이해되었다. 근수는 눈을 몇 차례 감았다 뜨기를 반복했다. 닫힌 것은 눈뿐이었는데, 왜인지 입도 움직일 수 없었다.

"신분증 보여주세요."

시간을 끌기 위해 던진 말에 남자는 황당하다는 목소리로 대답했다.

"저 내년이면 마흔인데요."

최초의 정전은 약 오분간 지속되었다. 사실 정확한 시간은 알 수 없었다. 순전히 근수의 직감에 따른 것인데, 시각을 대신해 발휘된 직감이 얼마나 믿을 만한지는 알 수 없었다. 불이 다시 들어온 것도 불시였다. 한순간 눈앞이 환하게 밝아지는 바람에 시릴 만큼 눈이 부셨다. 눈물이 나왔다. 갑자기 망막에 빛이 맺히며 느낀 통각 때문인지, 광명으로 인한 감격 때문인지 알 수 없었다. 근수는 소리 없이 눈물을 흘렸다.

그뒤로도 정전은 뜨문뜨문 찾아왔다. 집으로 가던 길에, 화장실에서 볼일을 보던 중에. 근수는 정전이 되기 전 마지막 순간 보았던 장면에 의지해 하던 일을 서둘러 마무리했다. 안과에는 가지 않았다. 의사로부터 정확한 병명을 진단받지 않은 채 스스로 실명 선고를 내렸다. 선혜에게는 말하지 않았다. 선혜는 근수의 불운을 비극으로 받아들일 터였다. 울음을 터뜨릴 테고 어쩌면 기절할지도 몰랐다. 근수가 생각하기에 선혜의 감정 표현은 언제나 과했다. '보라에게 말한다면 어떤 반응을 보일까.' 근수는 그 애의 표정조차 상상할 수 없었다. 갓난아기일 때부터 잘 울지도, 잘 웃지도 않는 아이였다. 적어도 근수 앞에서는 그랬다. 그 애가 실제로 어떤 아이든 근수는 자신이 '봐온' 대로만 아이에 대해 '안다'고 할 수 있을 터였다.

보라는 알고 있었다. 보라의 눈에는 근수의 수상한 행동이 보였다. 문득문득 멈추곤 허공에 시선을 두고 손으로 주변을 더듬었다. 선혜는 아직 모르는 것 같았다. 전에도 이런 적이 있었다. 무슨 일이 생겼을 때 근수는 우선 숨기려고 했다. 말하는 순간을 어떻게든 끝까지 미루고 미루었다. 몇 해 전 실직했을 때도 그랬다. 보라는 근수가 말하기 전에 그 사실을 먼저 눈치챘다.

그때도 근수는 매일 같은 시간에 출근했다. 때때로 강의가 끝나는 시간에 맞추어 보라를 데리러 오기도 했다. 근수는 생각보다 거짓말에 능한 사람인지도 몰랐다. 미처 의심조차 하지 않는 것들 중에 거짓이 더 있을지도 모를 일이었다. 선혜에게는 알리지 않았다. 근수의 본모습을 하나 더 알게 되었을 뿐이라고 생각했다. 그것에서 그쳐야 한다고 생각했다. 가족들의 일상에는 아무런 변화도 일어나지 않았다.

하지만 이번 일은 다르지 않을까. 실명이 되어가는 중이라는 사실을 언제까지 비밀로 할 수 있을까. 이런 일을 비밀로 두어도 되는 것일까. 보라는 방문을 잠근 뒤 커튼을 내리고 형광등을 껐다. 문틈과 커튼 새로 희미한 빛이 새어 들어왔다. 완벽한 어둠이란 불가능한 것인지도 몰랐다. 그대로 눈을 감았다. 가느다란 빛의 잔상이 눈꺼풀을 뚫고 들어와 어둠을 밝혔다.

선혜는 근수를 말없이 바라보았다. 또 '그 순간'이 찾아온 모양이었다. 근수는 바코드 스캐너를 손에 든 채로 굳어 있었다. 고작 바코드 스캐너 따위에 손을 의지하면서. 선혜는 유리창 밖으로 근수의 동작을 지켜보다가 건물 통로에 위치한 뒷문을 통해 안으로 들어왔다. 근수의 눈 바로 앞에 손을 가져다 대고 손가락 두 개를 들어 흔들어보았다. 근수의 눈동자가 크게 벌어져 있었다. 동공은 빛을 찾아 제 둥근 몸을 넓혀가고 있었다. 선혜는 숨을 참은 뒤 뒤로 물러섰다. '언제 눈을 뜰지 모른다. 눈을 마주쳐서는 안 된다. 그러니까 아직은 안 된다.' 즉각적으로 안 된다는 생각이 앞섰다. 선혜는 뒷걸음질하며 편의점 밖으로 나왔다. 조심스레 문을 열고 닫았다. 문에 달린 종에서 나는 소리까지 감출 수는 없었다. 근수가 출입문 쪽으로 고개를 돌렸다. 하지만 시선은 선혜의 뒤쪽 어딘가를 향하고 있었다. 선혜는 그렇게 근수를 어둠으로 가득찬 공간에 가두었다.

함께 살아오는 동안 그들은 많은 것을 잃었다. 숱한 실수를 했고, 함께 알던 몇몇 이와의 이별을 겪었으며, 하루아침에 실직되었다. 그것으로 끝날 것이라고 생각하지는 않았다. 하나의 불운을 겪을 때마다 앞으로 닥칠 불운을 생각했다.

이제 그다음 차례로 실명을 앞두고 있었다. 삼십여 년에 이르는 근수와의 결혼생활 기간을 한 문장으로 요약하면 '차근차근 무언가를 하나씩 잃어버린 시간'쯤이 되지 않을까. 선혜가 가장 크게 잃어버린 것은 상상력이었다. 근수와 결혼하고 가정을 이루던 스물세 살 이래로 무엇을 상상하는 능력을 잃었다는 생각이 들었다. 상상력은 범위가 점점 작아지다 못해 하나의 점으로 소멸한 듯했다. 선혜는 내년을, 한 달 후를, 일주일 후를, 당장 내일을 더이상 꿈꾸지 않게 되었다. 내일뿐 아니라 아주 오랜 후의 어느 날 역시 오늘의 반복일 뿐일 것임을 선혜는 안다. 선혜는 오늘에서 한 발자국도 나아갈 수 없을 터였다.

그해 여름 내내 기록적인 폭염이 지속되었다. 밤마다 열대야와 함께 악취에 시달렸다. 진원지를 알 수 없는 악취였다. 보라는 제대로 잠을 청할 수 없었다. 불면의 밤이 하루하루 계속되었다. 매미가 쇳소리를 내며 울어댔다. 매미는 맴맴 울지 않고 쐐애액쐐애액 비명을 지르듯 울었다. 밤낮없이 울어댔다. 혹독한 여름이 끝나지 않고 몇 년이고 지속될 것 같았다.

보라는 때로 근수를 생각했다. 근수가 겪을지 모르는 최악의 혹은 최후의 불운에 대해. 어느 순간 근수가 잠기게 될 끝없는 밤에 대해 생각했다. 세상에서 가장 소란스러운 밤. 눈꺼풀 위로 빛이 어지러이 행렬하는 밤. 빛의 발자국들은 둔탁한 촉각을 남기며 빠르게 지나가겠지. 그런 상태가 몇 날 며칠이고 이어질 근수의 밤. 빛은 없고 빛의 기미만 부지런히 오가는 불면의 시간. 근수의 삶은 결국 그런 시간을 견디는 것 외에 다른 의미를 찾을 수조차 없게 되겠지. 그런데 그것을 이제까지의 그의 삶과 그리 다르다고 할 수 있을까.

근수는 모두 잠든 시간에도 늘 깨어 있었다. 시급의 1.5배를 지급하며 야간아르바이트생을 고용하는 대신 매일같이 홀로 편의점을 지켰다. 지난 몇 년간 근수는 하루 이십사 시간 내내 꺼지지 않는 빛 속에서 살아온 셈이었다. 어둠의 농도가 점점 짙어지다가 최대치에 이른 뒤 같은 속도로 옅어져가도록 유리창 너머 편의점 내부는 일정한 조도의 새하얀 빛을 밝혔다. 근수는 햇볕이 내리쬐는 낮 동안에 힘겹게 잠을 청했다. 커튼을 쳐도 자연광을 완벽히 차단할 수는 없었다. 근수는 꿈속에서도 꿈꾸었을 것이다. 물성이 느껴질 만큼 두텁고 캄캄한 어둠을. 그 안락한 어둠에 싸여 깊은 잠에 빠져드는 달콤한 순간을 말이다. 오로지 숙면으로밖에 위안받을 수 없을 짙은 고단함이 언제나 근수의 얼굴에 길게 드리워져 있었다.

그들에게 죽음은 공포가 아니었다. 그들이 살아가는 매 순간순간이 죽음에 가까워지는 과정이라는 사실을 이미 오래전부터 알고 있었다. 그들에게 삶이란 마치 사과껍질을 깎는 행위며 죽음이란 껍질 속의 알맹이와 같았다. 삶은 죽음을 둘러싼 허울일 뿐. 그들은 매 순간 껍질이 조금씩 벗겨지며 점점 형태를 드러내는 죽음의 속살을 마주했다.

도어록 번호판을 누르던 선혜의 손이 허공에서 멈칫했다. 비밀번호가 생각나지 않았다. 매일 수차례씩 누르는 여섯 자리의 비밀번호가 가위로 오려내 잘려나간 듯했다. 짧은 순간이었지만 머릿속이 정전된 느낌이었다. 오십 년 넘게 살아오는 동안 한 번도 점등되지 않은 머릿속 퓨즈가 원인도 모른 채 한순간 방전이 되어버린 듯. 선혜는 대문 앞에 황망히 서 있었다. 어떤 행동을 취해야 할지 알 수 없었다. 시간의 흐름조차 느껴지지 않았다. 시간이 속도를 멈춘 공동. 그 안에서 선혜는 얼어붙은 채 해동이 시작될 순간만을 기다릴 수밖에 없었다. 시간이 파동을 일으키며 다시 밀려오길.

삶은 과연 어느 정도까지 단순해질 수 있을까. 어느 정도의 크기로 축소될 수 있을까. 인터넷 창의 최소화 버튼을 누르듯 삶을 최소화하면 줄어들다 못해 아예 눈앞에서 사라지지 않을까. 삶에 꼭 있어야 할 최소한의 것들만 남긴다면 어떨까. 그렇게 줄어들 대로 줄어든, 더이상 줄어들 수 없을 만큼 줄어든 면적에서도 사람은 살아갈 수 있을까. 삶이라는 것이 지속될 수 있을까. 그런 것을 삶이라 부를 수 있을까.

잠시 동안의 정전에서 깨어난 후 선혜는 익숙한 손놀림으로 비밀번호를 누르고 집 안으로 들어갔다. 집 안은 캄캄했다. 정전에서 벗어나 처음 마주한 것이 하필이면 고작 어둠이었다. 선혜는 벽을 더듬어 불을 켰다. 가구와 세간들이 차가우리만치 선명하게 드러났다.

소방차가 경광등을 요란하게 울리며 도로를 가로질렀다. 보라는 버스 차창 너머를 멀거니 바라보았다. 계속 바라보면 눈이 멀 것 같은 붉은빛. 순간 머릿속으로 스치는 생각이 있었다.

보라는 황급히 고개를 저었다.

세상에 일어나는 온갖 불가피한 일을 남의 일로만 여길 수 있었던 때가 있었다. 불과 몇 년 전까지 그랬다. 보라는 뉴스는 물론이고 드라마나 영화, 다큐멘터리 프로그램을 보며 눈물을 흘리지 않았다. 자신의 외부에서 일어나는 일에 쉬이 감응하지 않았다. 아니, 감응하지 못했다. 모든 사건 사고에 둔감할 수 있었다.

하지만 이 순간 보라의 심장은 걷잡을 수 없이 뛰었다. 정류장에 도착하자마자 집을 향해 쉬지 않고 뛰었다. 심장박동 속도가 평소의 수십 배에 이르는 것 같았다.

선혜는 소리 죽여 뒷걸음쳤다. 조심조심 발을 떼며 뒤를 향해 걸었다. 그러다 유리문에 다다랐을 때 문 윗부분에 달린 종을 손으로 잡았다. 문밖으로 나가는 것은 그리 어렵지 않았다. 유리문 하나를 사이에 두고 편의점 안과 밖의 소음의 음량이 확연히 달랐다. 소리까지 걸힌 유리문 안쪽, 시릴 만큼 차갑게 빛을 발하는 백색 형광등 아래 근수가 우두커니 서 있었다. 어떤 방향으로도 발을 옮기지 못하는 채. 발이 단단히 붙박인 채. 한 걸음도 꼼짝할 수 없는 것은 선혜도 마찬가지였다. 움직일 수 없었다.

근수가 몸을 돌려 선혜와 정면으로 마주섰다. 선혜는 숨을 참았다. 근수는 눈을 뜨고 있었다. 검은자가 미세하게 움직였다. 움직였다라기보다는 흔들렸다. 근수가 선혜를 바라보는지는 알 수 없었다. 근수의 눈에 비치는 상이 무엇인지, 그것이 빛은 맞는지, 빛으로 훤히 드러날 수 있는 세상인지, 암실과 다름없는 어둠은 아닌지.

'그런데 왜 어둠에서 벗어나려 하지 않을까. 어째서 암막을 걷어내고 혹은 찢어내고서라도 밖으로 빠져나오려 하지 않는 것일까. 왜 손을 흔들거나 발버둥질하지 않을까. 구해달라고 소리치지 않는 것일까.' 이미 오래전에 근수를 이해하는 것을 체념했음에도 불구하고 선혜는 궁금했다.

근수는 삶을 최소화하다 못해 소멸을 택한 듯 보였다. 스스로가 소멸되기를 기다리는 삶. 근수는 남은 생의 완전한 소멸을 향한 마지막 점멸을 반복하는 중인 것일까.

선혜는 유리문을 밀었다. 감기 한 번 걸려본 적 없는 아이의 목소리처럼 명랑한 종소리가 울렸다. 근수는 움찔거리는 기색도 없이 입구 쪽을 바라보았다. 선혜는 무슨 말인가를 하기 위해 입을 벌렸지만 어떤 말도 말이 되어 나오지 않았다. 근수가 먼저 입을 뗐다.

"어서 오세요."

선혜는 근수를 향해, 근수는 선혜를 향해 서로에게로 한 발 걸어갔다. 선혜는 한 걸음 더 걸어갔다. 그리고 한 걸음 더.

근수는 눈을 크게 뜬 채 가까워지는 발소리를 들었다. 선혜는 근수 바로 앞에 멈추어 섰다. 선혜는 손을 뻗어 근수의 눈을 어루만졌다. 무언가 촉촉한 것이 만져졌다. 선혜가 중얼거렸다.

"온 세상이 정전이 되었으면 좋겠어."

근수의 눈물이 선혜의 손으로 흘렀다. 선혜의 손이 근수의 눈물을 받쳐주었다.

보라가 편의점에 도착했을 때, 유리문 너머로 눈을 감고 있는 근수와 선혜가 보였다. 보라는 형광등을 껐다. 오직 그들을 위한 정전이었다.

행갈이

바다에 갔었다. 한겨울이었다. 바다의 빛깔은 푸른색이 아
닌 회색이었다. 흐린 날은 아니었다. 하늘은 맑았는데, 바다는
우중충했다. 현수와 윤혜는 바다에 면한 식당에서 바지락칼국
수를 먹었다. 현수는 바지락은 골라내고 국수만 건져 먹었다.

"바지락 싫어해요?"

"네, 별로."

"그럼 다른 거 먹자고 하지."

"서해에 왔잖아요."

현수가 웃었고 윤혜도 따라 웃었다. 밀물 때였는지 해면이
점점 높아지며 식당 유리창 바로 아래 벽에 파도가 부딪쳤다.
유리창에 물방울이 점점이 튀었다. 일몰 무렵이었다. 잿빛이
던 바다가 봉숭아 꽃물이 들듯 붉게 물들었다.

해변을 걸었다. 두 사람은 각자 손에 쥔 핫팩을 주물럭거렸다. 아직 손을 잡기 전이었다. 옷을 여러 겹 껴입어서인지 몸은 그리 춥지 않았지만 불어오는 차디찬 바닷바람에 얼굴은 찢어질 듯 아팠다. 해변 끝자락에 카페가 있었다.

커다란 개가 카페 안을 돌아다니고 있었다. 몸통이 전체적으로 까맣고 군데군데 황토색 얼룩이 있는 사냥개였는데, 몸의 크기에 비해 꼬리가 뭉뚝했다. 윤혜가 개를 쓰다듬으며 혀를 끌끌 찼다.

"못됐네요. 사람들."

"왜요?"

"꼬리 좀 봐요."

윤혜는 꼬리라기보다는 볼록 튀어나온 혹처럼 보이는 그 부분을 어루만졌다. 윤혜가 쪼그리고 앉자 개가 윤혜의 품을 파고들었다. 개는 제대로 꼬리를 치지도 못할 만큼 짧은 꼬리를 살랑대며 윤혜의 목과 볼을 핥아댔다. 현수는 괜히 개의 꼬리를 툭툭 쳤다. 크기도 모양도 언뜻 달걀 같았다.

"왜 쳐요?"

"친 거 아니에요. 특이해서 만져본 거예요."

"불쌍하지도 않아요?"

카페에서 나오니 어둑어둑한 저녁이었다. 기온이 더 내려갔을 테지만 몸을 녹이고 나온 참인지라 걷기에 그리 춥지는 않았다. 두 사람은 말 없이 걸었다. 현수는 윤혜에게 무슨 말이든

하려다가 아무 말도 하지 못했다. 두 사람은 시외버스터미널에서 마지막 버스를 탔다. 승객은 그들뿐이었다. 버스는 구불구불한 시골길을 막힘없이 달렸다. 덜커덩덜커덩 버스의 움직임을 따라 윤혜의 몸도 흔들렸다. 현수가 팔을 둘러 윤혜의 어깨를 꽉 잡아주었다.

"우리 다음에 바다 갈래요?"

"오늘 왔잖아요."

"서해 말고요. 멀리."

차창 밖 풍경은 가도 가도 캄캄했고 드문드문 멀리 불빛이 보였다.

"자요?"

"아니요."

"좀 자요."

터미널에 도착할 때까지 두 사람은 말을 하지도, 잠을 자지도 않았다.

그것이 윤혜와의 유일한 여행이었다. 현수의 노트북에는 그날 찍은 사진들이 한 장도 빠짐없이 저장되어 있었다. 언젠가 윤혜와 함께 찍은 사진을 정리했는데, 그날의 사진들만은 지우지 않고 그대로 남겨두었다. 개를 찍은 사진도 있었다. 개의 등을 쓰다듬는 윤혜의 손이 흔들린 채로 찍혀 있었다. 사진은 총 아흔한 장이었다. 그날의 기억은 그날 하루만큼의 시간으로 응축되었다. 기록은 기억을, 기억은 감정의 수명을 이어왔다.

***

　형광등을 켰다. 일 년 만이었다. 평소 별일 아닌 듯 여기던 일들이 별일이 될 때가 있는데, 오늘이 그런 날이었다. 마트 앞을 지나는데, 불현듯 형광등을 사야겠다는 생각이 들었다. 왜인지 형광등이 켜지지 않는 방 안으로 들어가고 싶지 않았다.

　형광등을 갈고 스위치를 켜자 형광등은 좀 허무하다 싶을 만큼 쉽게 켜졌다. '어떻게 그동안 형광등을 켜지 않고 살아왔을까. 무려 일 년 동안이나.' 조그만 스탠드가 밝히는 빛의 면적은 방 안을 가득 채울 만큼 넓지 않았다. 동이 틀 무렵부터 해가 진 뒤까지 방 안이 온종일 동굴 입구처럼 뿌옇고 어두침침했다는 것을 현수는 새하얗게 발하는 백광 아래에서 새삼 깨달았다.

　요즘 들어 현수는 아무 데서나 자주 졸았다. 정류장에 앉아 버스를 기다리는 짧은 시간 동안에도 졸았고 미용실에서도 머리를 맡긴 채 고개를 꾸벅이며 졸았다. 바깥에 있다가 훈기가 도는 실내로 들어가도 어김없이 졸았다. 밤잠을 충분히 자지 못하는 것이 아닌데도 습관적으로 졸다 깨기를 반복했다. 집 밖에서 졸다가 깨어날 때면 잠과 현실의 경계를 뚜렷이 자각하는 순간이 찾아왔다. 현수는 그 느낌을 좋아하지 않았다. 그러면서도 별수 없이 졸다 깨기를 반복했고 그때마다 습관처럼 무력감을 느꼈다. 잠과 현실의 중간 지점에도 형광등이 켜지는 순간 발생하는 필라멘트 같은 것이 존재하는 것 같았다.

현수는 맥없이 형광등 스위치를 켰다 껐다 켰다 끄기를 반복했다. 점멸하는 주기에 따라 눈앞이 껌벅였다. 경계가 흐릿하게 지워져 있던 방 구석구석이 백광 아래 선명히 드러났다. 현수는 정돈되지 않은 세간들을 훑어본 뒤 벽걸이 거울 앞에 서서 손바닥으로 얼굴을 쓸었다. 거칠게 일어난 피부와 까끌까끌하게 자란 턱수염, 얼마 전부터 희끗희끗하게 나기 시작한 새치까지 형광등 불빛 아래서 현수의 주름과 각질, 반점, 잡티, 그리고 삼십 년에 걸쳐 굳어진 표정이 현미경을 통과한 듯 확대되어 보였다.

'이렇게까지 자세히 볼 필요가 있을까.' 현수는 노골적이리만큼 사실적으로 상을 비추는 형광등 불빛이 거북하게 느껴졌다. 세밀화를 그리는 붓처럼 날카롭고 조도가 센 빛. 그 빛은 시리다 못해 따갑기까지 했다. 사람의 눈으로는 볼 수 없지만 형광등은 일초에 수십 번씩 깜박인다고 했다. 흔들리지 않는 것처럼 보이기 위해 쉼 없이 흔들리고 흔들리는 중이라고 했다.

현수는 다시 형광등을 껐다. 적당한 어둠이 드리워진 방 안이 전에 없이 포근하고 아늑하게 느껴졌다. 단 몇 분 동안 되찾았던 광명 아래서 현수는 이 옅디옅은 어둠을 그리워했음을 깨달았다.

형광등 불빛이 눈에 익기까지는 며칠이 걸렸다. 현수는 방 안을 환하게 밝힐 때마다 낯선 감각을 느꼈다. 가장 강하게 실감하는 것은 대상 모를 상실감이었다. 무엇을 잃어버린 것인지 몰라 무엇을 찾아야 하는지도 알 수 없었다. 무엇인지 모르겠지만 찾게 되면 '이거였구나, 내가 이걸 찾고 있었구나'를 저절로 알게 되지 않을까. 방 안에는 현수가 쓰지 않는 물건이 많았다. '언제 샀지? 혹은 왜 샀지?'라는 의문이 드는 것들. 심지어는 '이걸 내가 정말 샀었나?' 싶은 것들.

책상 서랍을 열어보았다. 서랍 안에는 온갖 잡동사니가 질서 없이 뒤섞여 있었다. 서랍 속 물건들을 이때껏 버리지 않은 데는 그만한 이유가 있을 터였다. 한때는 따로 보관해두고 오래도록 간직하고 싶었던 어느 순간들이 각각의 물건에 응축되어 있지 않을까. 현수는 서랍 속 물건들을 정리하며 기억을 하나씩 더듬어보기로 했다.

1. 립스틱

윤혜의 립스틱. 윤혜를 마지막으로 본 뒤 몇 주인가 지났을 무렵 윤혜에게서 전화가 걸려왔다. 윤혜는 현수의 집에 립스틱을 두고 온 것 같다고 말했다. 현수는 책상과 세면대를 대충 훑어보았다. 립스틱처럼 보이는 물건은 없었다. 다시 몇 주 뒤 현수는 빨래 바구니 안에서 립스틱을 발견했다. 윤혜는 전화를 받지 않았다. 문자를 보냈으나 답장도 오지 않았다. 하루를 기다렸다. 이틀을 기다렸다. 현수는 립스틱을 외투 주머니에 넣고 다니며 무의식적으로 만지작거렸다. 손가락만한 길이의 립스틱 하나가 들어갔을 뿐인데, 주머니가 제법 묵직했다. 일주일이 지났다. 휴대전화나 지갑을 주머니 안에 넣거나 뺄 때마다 자연스레 립스틱에 손이 닿았다. 현수는 립스틱을 살짝 쥐었다 놓았다. 쥐었다 놓는 동작이 버릇으로 손에 익는 동안 몇 주가 지났다. 그사이 계절은 바뀌지 않았다. 계절이 바뀌지 않는데도 현수는 거의 유일한 외출복인 재킷을 맡기러 세탁소에 가야 했다. 재킷에 커피를 흘렸기 때문이다.

"쉽지 않겠어. 이것 봐. 언뜻 봐선 눈에 띄지 않잖아. 얼룩이 눈에 잘 보여야 잘 지워지지."

"그 반대 아니에요?"

"아니지. 잘 보이지도 않는 것을 무슨 수로 깨끗이 지우겠어. 겉으로 지워진 것처럼 보일 뿐이지. 얼룩은 얼룩대로 남아."

"그럼 그냥 입을까요?"

"두고 가."

출입문을 열자 난데없는 냉기가 현수의 맨살에 닿았다. 재킷을 입고 왔던 길을 반팔 티셔츠 차림으로 돌아가야 했다.

"이거 가져가."

세탁소 주인이 립스틱을 건넸다. '그렇지, 립스틱.' 재킷 주머니 안에 늘 있었으나 존재를 의식하지 않은 채 살아왔으니 그동안 존재하지 않았던 것이나 마찬가지였다고 할 수 있지 않을까. 집에 돌아오는 내내 현수는 립스틱을 손에 꼭 그러쥐었다. 립스틱의 길둥그런 모양과 딱딱한 질감, 차가운 온도, 적당히 가벼운 무게감을 느껴보았다. 립스틱은 점점 현수에게 하나의 실재가 되어갔다. 집으로 돌아온 현수는 립스틱을 휴지통이 아닌 책상 서랍에 넣었다.

그렇게 윤혜의 립스틱을 지금껏 서랍 안에 간직하고 있었다. 현수는 립스틱 뚜껑을 처음으로 열어보았다. 립스틱은 거의 새거나 다름없었다. 립스틱 몸통을 돌리자 적갈색 크레파스 모양의 길쭉한 물체가 고개를 내밀었다. 코에 대고 냄새를 맡아보았다. 알싸한 꽃향기가 풍겼다. '윤혜는 잘 지낼까. 마지막으로 본 게 언제였더라. 반년쯤 지났나.' 윤혜의 머리에서 나던 냄새는 기억나지 않았다. 현수는 립스틱 끝을 손등에 대고 살짝 그어보았다. 얇게 베인 상처처럼 붉은 실선이 생겼다. 윤혜가 그립지는 않았지만 그녀의 물건을 휴지통에 버릴 수는 없었다. '혹시 아직 그리워하는 걸까?' 현수는 예나 지금이나 윤혜에 대한 어떤 감정에도 확신이 없었다.

"뭐라고?"

윤혜는 전화를 받았다. 잠에서 막 깬, 좀더 정확히 말하면 현수의 전화 때문에 잠에서 막 깨어난 목소리였다. 나른함과 언짢음, 의심과 아주 약간의 반가움이 그녀의 목소리에 묻어났지만 어디까지가 정확한 추측일지는 확신할 수 없었다.

"소설을 쓰고 있어."

'소설이라니.' 아주 예상 밖의 일은 아니었다. 윤혜는 출판기획사에서 기자로 일했다. 자체 매거진이 아닌 지자체나 기업에서 발행하는 사보를 기획하고 기사를 쓰는 일이었다. 작년 초겨울 즈음이었다. 윤혜는 취재차 현수가 일하는 서점에 찾아왔다. 원래 인터뷰하기로 한 사람은 사장이었는데, 사장이 전날의 과음으로 인한 숙취를 호소하는 바람에 어쩔 수 없이 현수가 떠맡게 되었다.

현수는 종이컵에 믹스커피를 타서 윤혜에게 건넸다. 석유난로에서 피어오르는 열기 탓에 윤혜의 코끝과 두 볼이 벌겋게 상기되어갔다.

"처음이에요?"

"뭐가요?"

"인터뷰요."

"이 년째예요."

약속된 시간에서 이십분 가까이 지났지만 윤혜는 그다지 초조해 보이지 않았다. 종이컵을 두 손에 꼭 쥔 윤혜가 졸기 시작했다. 윤혜의 고갯짓에 맞추어 종이컵도 위아래로 흔들렸다. 현수는 윤혜의 손목을 잡았다. 윤혜가 눈을 떴다. 현수가 윤혜의 손에서 종이컵을 빼냈다. 현수는 종이컵을 테이블에 내려놓고 사장에게 전화를 걸었다.

"아, 맞아, 인터뷰. 근데 어디서 왔다고? 아, 그렇지, 그냥 내가 할래?"

현수는 윤혜 맞은편에 앉았다. 윤혜가 녹음기의 재생 버튼을 눌렀다. 현수를 향한 윤혜의 말 걸기가 시작되었다.

취재를 마치고 두 주 뒤쯤 윤혜가 우편물을 보내왔다. 현수의 인터뷰 기사가 실린 잡지였다. 현수가 횡설수설 뱉어낸 말들이 가지런한 문장으로 정리되어 있었다. '보내는 이' 난에 윤혜의 이름과 회사의 주소가 쓰여 있었다. 현수는 그즈음 가장 잘 팔리는 소설책을 골라 종이봉투에 넣었다. "좋은 글 감사드립니다. 이윤혜 기자님께"라는 짤막한 메모를 봉투 여백에 적어 우편으로 부쳤다.

며칠 뒤 윤혜가 책을 들고 서점으로 찾아왔다.

"책 바꿔가도 돼요?"

이미 갖고 있는 책이라고 했다. 윤혜는 문학 코너로 가더니 책을 신중히 골랐다. 현수는 처음 보는 제목의 소설책이었다. 표지도 낯설었다. 현수는 하루에도 수차례 지나쳤던 책장에 그런 책이 꽂혀 있었다는 것을 그동안 알지 못했다. 윤혜가 다녀간 후 현수의 시선이 그 책이 있던 자리로 자주 향했다. 세로로 반듯하게 잘려나간, 가느다랗고 새카만 공백이 자꾸 현수의 눈에 들어왔다. 현수는 같은 제목의 책을 두 권 주문했다. 한 권은 빈자리에 꽂아놓고 한 권은 펼쳐서 읽기 시작했다. 소설을 읽는 것은 대학을 졸업한 후 처음이었다.

소설을 읽은 뒤 해설을 읽고 싶어서 제목을 검색해보았다. 소설을 각색한 연극이 소극장에서 상영중이었다. "연극 보러 갈래요?" 윤혜의 명함에 적힌 전화번호로 문자메시지를 보냈다.

토요일 저녁 현수와 윤혜는 소극장 앞에서 만났다. 소극장은 지하에 있었는데, 내려가는 계단이 몹시 좁았다. 두 사람은 앞뒤로 서서 차례로 계단을 내려갔다. 현수는 윤혜의 뒤통수를 내려다보았다. 발을 헛디딘 윤혜가 잠시 휘청거리더니 곧바로 균형을 잡았다. '내가 먼저 내려갈걸.' 현수는 뒤늦게 그런 생각을 잠시 했다. 연극은 보지 못했다. 주인공 역할을 맡은 배우가 급성맹장염에 걸려 병원에 갔다고 했다. 두 사람은 환불받은 티켓 값으로 삼겹살을 먹었다.

"왜 이 책을 골랐어요?"

"저도 거미줄을 만들고 싶어서요."

불판 위에서 선홍빛 고기가 연갈색으로 익어갔다. 여러 번 뒤집어 굽는 동안 고기 겉면에 격자무늬가 새겨졌다. 허옇게 피어오르는 연기 때문인지 윤혜가 기침을 해댔다. 현수는 창문을 살짝 열었다. 멀지 않은 곳에서 크리스마스캐럴이 들려왔다.

"일을 그만둔 거니?"

"두 주 됐어."

전화기 저편에서 무언가 달그락거리는 소리가 들렸다. 소설을 쓰고 있다는 윤혜의 근황은 너무나도 윤혜다웠기에 진부했다. 윤혜는 언제나 소설을 읽었다. 가방에 늘 책을 한 권씩 넣고 다녔는데, 무슨 책이냐고 물어보면 어김없이 소설책이라고 답했다. 주로 현수가 이름조차 들어보지 못한 작가들의 책이었다. 언젠가 현수는 책표지 날개 부분에 인쇄된 작가의 사진을 유심히 보았다. 주민센터 창구 같은 곳에서 본 듯한 인상의 남자가 고개를 비스듬히 기울인 채 책을 읽고 있었다. 사람의 얼굴을 '개성 있음'과 '개성 없음' 두 가지로만 나눈다면 고민할 것도 없이 '개성 없음' 쪽에 분류될 얼굴이었다. 세상에는 참으로 다양한 종류의 평범한 얼굴이 있고 그 얼굴 중 몇몇은 소설을 쓰는 모양이었다.

윤혜가 읽던 소설을 몇 권 읽어보기도 했다.

"이런 것들이 소설이 될 줄 몰랐어."

그때껏 소설이 무엇이라고 혹은 무엇이 소설이 되리라고 생각해본 적도 없으면서 현수는 그렇게 중얼거렸다.

"여전하구나, 너는."

"너도 여전하네."

"내가? 왜? 어떤데? 어?"

윤혜는 대답 없이 뭔가를 마시고 씹어댔다. 이내 사람들의 말소리와 웃음소리가 들렸다. TV를 켠 듯했다. 별안간 윤혜가 웃어댔다. "오오" "에이" 같은 무의미한 추임새를 연발했다.

"너는 전화를 왜 받았니."

"뭐?"

"내 전화를 왜 받았냐고."

"아, 그게."

윤혜는 서두르는 기색 없이 입안의 음식을 삼켰다.

"네 번호인 줄 몰랐어."

짧은 정적 뒤에 채널이 바뀌는 소리가 들리더니 다시 씹는 소리와 쿡쿡대는 웃음소리가 되풀이되었다. 현수는 통화 종료 버튼을 누르기에 적당한 순간을 놓쳤다는 것을 뒤늦게 깨달았다.

2. 폐건전지

요즘은 건전지를 거의 쓰지 않는다. 대부분의 전자제품은 USB케이블을 연결해 충전하는 방식으로 되어 있다. 스마트폰이 등장한 이후 일상에서 필요한 기계는 하나의 형태로 통합되었다. 알람시계도, MP3 플레이어도, 카메라도, 손전등도, 녹음기도, 라디오도 엄지손톱만한 크기의 아이콘으로 축소되었다. 스마트폰만이 아니다. 선풍기, 가습기, 소형난로도 USB케이블을 통해 충전이 가능하다. 아직 건전지를 사용하는 제품도 더러 있지만 사람들은 대부분 USB케이블이 내장된 제품을 선호한다.

건전지는 언제쯤 마트나 편의점에서 완전히 사라질까. 건전지가 생활필수품인 시절에 살았던 사람들 모두 언젠가는 건전지의 존재를 까맣게 잊을지도 모른다. 그런 식으로 사라졌고 사라져갈 물건들이 세상에는 대체 몇 가지나 될까. 셀 수나 있을까.

"나야. 한현수."

"응."

"내 번호 저장했니?"

"아니."

윤혜는 이번에도 무언가를 씹으면서 대답했다.

"웬일이야. 우리가 이렇게 전화를 자주 하는 사이였나."

"물어볼 게 있어."

"뭐."

"대답해줄 거니?"

"들어보고."

"넌 뭐에 대해서 쓰니?"

규칙적으로 무언가를 씹던 소리가 일순 멈추었다.

"소설을 쓰고 있다며."

"그런데?"

"너한테는 소설로 쓸 말이 있어? 그러니까 네겐 글로 쓸 만한 이야기가 있어?"

"……."

"대체 어떤 이야기가 소설이 되는 거야? 너한테는 소설이 될 만한, 그러니까 글감인지 뭔지 하는 게 따로 있는 거야? 아

니면 아무 이야기나 되는 대로 길게 늘여 써놓고 그걸 소설이
라고 부르면 되는 건가?"

"너까지 나한테 왜 그래."

"뭐?"

"다들 그러면 재밌어?"

3. 폴라로이드 사진

그해에는 사월에도 눈이 왔다. 강의실 창가에 앉아 있던 누
군가가 "어, 눈이다"라고 다소 자신 없는 목소리로 외치자 강
의실 이곳저곳에서 작게 웅성거리는 소리가 들렸다. "벚꽃이
필 때 눈이 웬 말이야." 오백 년에 한 번쯤 볼 법한 진귀한 풍경
이라도 본 듯 다들 호들갑이었다. 눈송이는 나풀나풀 하나씩
흩날리더니 강의가 끝날 때쯤에는 함박눈이 되어 창을 가득
메운 채 펑펑 쏟아지고 있었다. 강의가 끝나기 무섭게 모두 건
물 밖으로 뛰쳐나갔다. 일 년 중 눈이 내리는 계절이 없는 나라
에 사는 사람들처럼, 태어나서 처음으로 눈을 본 사람들처럼
모두가 들떠 있었다. 사진동아리에서 활동하던 동기가 폴라로
이드 카메라로 한 명씩 사진을 찍어주었다. 연회색 후드티에
네이비색 패딩 조끼를 걸친 이십 대 초반의 현수가 얼떨떨한
표정으로 사진에 담겨 현상되었다. 사진으로 남기지 않았다면
오래전 잊혔을 날이었다.

'사진으로 찍히지 않은, 사진이 아닌 어떤 형태로도 기록되

지 않은 날들 중에도 기억으로 저장해도 좋을 만한 순간이 있었겠지. 그해 사월의 눈처럼 불안정한 기류가 일으킨 바람에 이리저리 부유하다가 한 송이씩 땅에 내려앉자마자 녹아버린 순간들. 너무나도 순식간에 사라져 미처 기억이라는 형태로 쌓이지 못한, 손이 놓치고 눈이 지나친 모든 날 속 나들.'

윤혜는 검은색 목폴라를 입고 있었다. 시월 중순에 입기에는 이르다 싶은 옷차림이었다. 검은 옷을 입어서인지 얼굴이 퍼런빛을 띨 정도로 하얘 보였다.

"얼굴이 좋아졌네."

"너는 삭았네."

윤혜는 여전했다. 목을 덮는 옷을 입고 아이스 아메리카노를 마시는 윤혜. 컵에 꽂힌 빨대는 아랑곳없이 컵에 입을 대고 커피를 마시는 윤혜. 투명한 유리컵에 윤혜의 입술 자국이 찍혔다. 윤혜는 빨대가 코에 닿으려 할 때마다 검지로 빨대를 밀어냈다.

"빨대 주지 말라고 말했는데. 꼭 이런다니까."

"소설은 잘 되어가니?"

"내 안부를 묻고 싶은 거야, 내가 얼마나 순조롭게 망해가고 있는지를 확인하고 싶은 거야?"

"잘 안 써져?"

"그게 왜 궁금한데?"

"나도 소설을 쓰고 있어."

별안간 현수는 가슴이 두근거렸다. 온 얼굴에 뜨끈한 기운이 번졌다. 어떤 감정은 고백 이후에 시작되기도 하는 것일까.

"물론 잘 안 써져. 잘 안 써지는 게 당연한 거 아니야? 소설이 쓰기 쉬우리라고 생각해서 시작한 건 아니잖아. 나도 잘 쓰기 위해서가 아니라, 쓰기 위해서 쓰고 있어."

스스로도 무슨 소리를 하고 있는지 모르겠지만 현수는 말할수록 조급한 심정이 되었다. 결국 그는 이런 말을 내뱉었다.

"우리 가끔 만나자."

"개수작 부리지 마."

카페를 나서기 전 현수는 재킷 주머니에서 립스틱을 꺼내 윤혜에게 건넸다.

"뭐야?"

"네 거야."

윤혜는 립스틱을 플리스 재킷 주머니에 넣었다.

4. 사랑니

현수는 혀끝으로 입 가장 안쪽의 잇몸을 더듬었다. 어금니 뒤쪽에서 무언가가 거치적댔다. 새 이가 나는 중이었다. 잇몸인지도 몰랐던 자리였다. 처음에는 견과류 조각 같은 것이 달라붙었다고 생각했다. 깨알처럼 조그마한 이가 돋고 나서야 비로소 그곳이 잇몸이었다는 것을 알게 되었다. 처음 발견했을 때 이는 겨우 들깨만한 크기이더니 나날이 몸집을 키워갔다. 태어나서 처음 나는 사랑니였다. '첫사랑 무렵에 나는 이라고 해서 사랑니라던데.'

현수는 시도 때도 없이 사랑니가 자라는 과정을 확인했다. '몸속을 떠돌던 부스러기들이 저들끼리 모여 단단히 뭉치더니 이의 형태가 되어 나오는 중일 테지. 위아래 입술을 다물면 깊은 동굴처럼 어두컴컴해지는 입안, 생의 의지를 지닌 석회질 덩어리가 빛을 찾아 꿈틀거리고 있을 테지. 꿈틀꿈틀 잇몸 밖으로 머리를 조금씩 들이밀다가 완전히 자란 모습으로 태어나겠지. 얼마 못 가서 누렇게 바래고 역한 냄새를 풍기는 썩은 이가 되어버린다고 해도 괜찮지 않을까. 지금 당장은 단단한 생명으로 여물어가는 중일 테니.'

현수는 입을 다물었다. 빈틈없는 정전 속에 새 이를 꼭 가두었다.

"무엇에 대해서 써?"
"내가 알지 못하는 것들에 대해서."
"모르는 걸 어떻게 써?"
"가령 이런 것들. 어느 아파트 앞 도로에서 개가 로드킬을 당했고, 사층에 사는 부부가 몸싸움하다가 남편이 창밖으로 추락했다고 해봐. 그런데 사고의 흔적은 오래가지 않아. 한 생명의 죽음은 소문이 되지 못하고, 한 집안의 사고는 불미스런

172

소문으로만 남겠지. 그리고 시간이 어느 정도 흐르면 목격하지 못한 사람들에게 그런 일은 일어나지조차 않은 일이 될 거야. 세상엔 많은 사람이 알지 못한 채로 살아가고 있지만 분명 어디선가는 일어났을 일이 무수히 많을 거라는 생각을 해. 지금도 어디선가는 시시각각 무슨 일인가가 벌어지고 있을 테지만 나는 알지 못하는 채로 살아가겠지. 그런 일을 상상해서 글이라는 형태로 남기는 것뿐이야. 일어난 일을 일어난 일로.”

“소설을 보여줄 수 있어?”

“아니.”

십일월이 되었지만 윤혜는 여전히 아이스 아메리카노를 마셨다. 외출을 잘 하지 않는지 지난번에 보았을 때보다 얼굴이 더 하얬다.

“소설을 쓸 때 가장 중요하게 여기는 요소가 뭐야?”

“행갈이.”

윤혜는 뜻밖에도 망설이지 않고 대답했다. 캐릭터나 주제의식 따위의, 어디서 들어보았음 직한 대답을 예상했던 현수에게 윤혜의 한마디는 묘한 공명이 되었다.

“운문에서만 행인지, 연인지 하는 것들이 중요한 건 아냐. 줄글 역시 맺고 끊기가 큰 역할을 해. 말하자면 숨을 쉬게 하지.”

윤혜의 말을 요약하면 이랬다. 소설을 이루는 구절은 제각기 생명을 갖고 있어야 한다. 마디를 자르면 잘린 토막대로 살아지는 연체동물처럼 소설의 구절은 독립된 개체로 존재하면서도 다른 구절과 유기적으로 관계를 맺어야 한다. 각 행의 마지막 문장 끝에는 보이지 않는 숨표가 있어서 소설을 쓰는 사람도, 읽는 사람도 행이 바뀌는 부분마다 반사적으로 숨을 쉬게 된다. 윤혜의 말에 따르면 잘 쓴 소설이란 행과, 행과, 행과, 행이 마치 사람의 뼈처럼 꼭 있어야 할 자리에 정렬된 것이다. 언뜻 마디의 구분이 없어 보이는 시간의 흐름도, 감정의 기류도 알맞게 분절되고 연결되어 고르게 호흡하는 소설.

현수는 윤혜에게 하루에 몇 시간씩 쓰는지, 쓰는 시간은 정해져 있는지, 글을 쓰다 막힐 때는 어떻게 극복하는지, 내용은 주로 경험에 의한 것인지 상상에 의한 것인지 따위를 물어보았다. 윤혜는 '그건 때에 따라 다르다'거나 '정해진 규칙은 딱히 없는 편'이라는 식으로 두루뭉술하게 대답했다. 그리고 길든 짧든 어떤 식으로든 대답을 한 후에는 커피를 한 모금씩 마셨다. 커피를 다 마신 후에는 얼음이 녹아 생긴 물을 마셨다. 유리컵 안을 채웠던 얼음이 물로 녹아 윤혜의 입안을 적시고 목구멍으로 넘어가 컵 안에 한 방울의 물도 남지 않게 되는 시간 동안 현수와 윤혜는 소설에 대해 이야기했다. 정확히 말하면 소설쓰기에 대해.

5. 첫 소설

어떤 이들은 이야기를 하고, 어떤 이들은 이야기가 된다. 이런 방식의 분류는 생각보다 뚜렷하게 나뉜다. 어떤 이들은 이야기를 하고 싶어하고, 어떤 이들은 이야기가 되고 싶어하기 때문이다. 소설이란 것은 결국 이분된 욕망으로 나뉜 이들끼리 쓰고 쓰이는 이야기가 아닐까.

현수는 그 분류법에 스스로를 적용한다면 단연 이야기를 하는 사람일 것이라고 생각했다. 소설을 써야겠다고 결심한 뒤 첫 문장을 쓰기까지는 꽤 오랜 시간이 걸렸다. 첫 문장을 쓴 뒤에는 며칠에 걸쳐 더듬더듬 이야기를 이어나갔다. 어쨌거나 한 편의 이야기가 완성되었다. 현수가 쓴 소설을 추려보면 이렇다.

배경은 어느 젊은 부부의 집이다. 이제 막 신혼여행에서 돌아와 문을 열고 집 안으로 들어온 부부. 그들의 집 안에는 아직 가구가 하나도 없다. 부부는 새하얗고 텅 빈 벽면에 신혼여행지에서 사온 벽걸이 시계를 걸어놓는다. 하지만 며칠, 몇 주가 지나도록 시계를 보지는 않는다. 그들이 서로를 사랑하는 동안 그들의 시간과 세상의 시간은 별개로 흐른다.

서서히 시간이 지나며 그들의 사랑에 제동이 걸린다. 서로를 쓰다듬고 어루만지던 그들의 손은 어느새 서로를 때리고 할퀸다. 그에 따라 세 개의 시곗바늘은 점점 삐걱거리기 시작한다. 그러다 그들이 서로를 공격하는 것조차 지쳐 서로에게서 손길을 거두었을 때 시곗바늘도 움직임을 완전히 멈춘다. 그들은 그제야 비로소 시계를 보기 시작한다. 별수 없이 둘이 함께 있어야 하는 순간에는 어김없이 시계 쪽으로 고개를 돌린다. 밥을 먹다가 젓가락이 부딪치면 시간을 확인하고, 각자 볼일을 보다가 눈이 마주치면 시선을 피하기 위해 시간을 확인한다. 그때마다 시곗바늘은 항상 같은 숫자를 가리키고 있다. 하지만 그들은 시계가 멈추었다는 사실을 알아채지 못한다. 시계가 멈춘 집에서 끊임없이 시간이 가는 줄도, 달이 가고 해가 가는 줄도, 바깥에서 비가 오다 긋고 눈이 내리다 말고 바람이 불다 그치는 줄도 그들은 알지 못하는 채 늙어간다. 말없이, 표정 없이, 동작 없이, 온기도 없이 영영 움직이지 않는 시계를 사이에 두고 셋이서 나란히, 집밖으로는 한 발짝도 나가지 못한 채 그렇게 그들은 정물이 되어간다.

"어때?"

십이월이 코앞이었지만 윤혜는 여느 때와 마찬가지로 아이스 아메리카노를 마셨다. 현수가 쓴 다섯 페이지 분량의 소설을 읽는 동안 윤혜는 간간이 얼굴을 찌푸렸다. 중간에 읽기를 멈추고 현수를 흘끗 쳐다보거나, 커피를 한두 모금 마시거나, 자리에서 일어나 화장실에 다녀오기도 했으나 가타부타 아무런 말이 없었다.

"재미없어?"

"우리가 꼭 소설을 써야 할까."

현수는 비참함과 억울함과 오기와 자괴감과 실망감, 그리고 약간의 미안한 감정을 동시에 느꼈다. '그렇지. 우리까지 소설을 쓸 필요는 없을지도 모르지. 소설을 쓴답시고 시답잖은 이야기를 지어내며 시간을 축내는 건 우리에게 주어진 몫이 아닐지도 모르지. 우리가 쓰는 건 아직 소설이 아닐 뿐 아니라, 앞으로도 어쩌면 영영 소설이 될 수 없는 것일지도 모르지.'

"우리 전에도 여기 왔었는데, 기억나?"

"저번에 왔잖아."

"아니, 예전에."

윤혜가 그제야 카페를 둘러보았다. 일부러 그런 것은 아니었지만 다시 만난 후로 둘은 예전 일에 대해 이야기하지 않았다. 서로를 엮고 엮었던 어떤 일도 없었던 듯 서로를 대했다. '우리는 끝내 서로를 사랑할 수 없을 거야. 그 정도의 결론에 이르기까지 밟아야 할 더디고 지루한 점층적 소통의 시간을 도저히 견뎌낼 수 없을 거야. 서로의 정상을 향해 오르던 발걸음을 어느 순간 거두고 한순간에 바닥으로 떨어져 불구가 될지도 몰라. 다시는, 서로뿐 아니라 다른 누구를 향해서도 한 발짝도 오르지 못하게 될지도 몰라.' 말로 하지 않은 말들이 서로의 사이를 가르던 순간들에 대해 두 사람 다 이야기하지 않을 수 있었다.

윤혜는 지난달까지 입던 플리스 재킷 대신 패딩 점퍼를 걸쳤다. 카페 안에 있을 때는 몰랐는데, 밖으로 나오니 눈이 내리고 있었다.

"첫눈이구나."

"지난주에 왔어."

윤혜는 정차해 있는 택시 앞으로 가는 듯하더니 발길을 돌려 횡단보도 앞에 섰다. 현수도 윤혜를 따라 횡단보도를 건넜다. 눈송이들이 하루살이떼처럼 무리지어 날아다니다가 두 사람 사이에 끼어들었다.

"그땐 몰랐어."

"뭘?"

"작년 겨울에 바다에서 봤던 그 개."

현수의 발이 점점이 떨어진 눈송이를 밟고 짓이겨댔다.

"개의 꼬리를 일부러 자르는 사람들이 있다는 걸 나중에 알았어."

현수는 고개를 들 자신이 없었다. 그래도 윤혜가 어떤 표정을 짓고 있을지 알 것 같았다.

"모르는 게 많았어. 알려고 하지 않았고."

현수의 운동화 앞코에 눈이 쌓여갔다.

"올해까지만 실패할 거야."

윤혜가 허공을 향해 중얼거렸다. 윤혜의 눈동자가 반짝 빛났다. 눈물인지 눈이 녹은 물인지 모를 것이 윤혜의 눈에 맺혀 있었다.

윤혜를 만나지 않은 지 한 달이 넘었다. 그사이 해가 바뀌었다. 모든 사람이 똑같이 한 살씩 먹었다. 현수는 서른한 살이 되었다.

현수는 소설을 쓰다가 도중에 포기하고 다른 소설을 쓰다가 또 포기하기를 반복했다. 소설이 써지지 않을 때마다 생각나는 대로 끄적였다. 온통 이런 말들이었다.

"우리는 결코 절망하지 않을 수 없을 것이다. 절망처럼 쉬운 일이 없다는 것만을 겨우 배우게 될 것이다. 어쩌면 소설쓰기란 절망을 깨우치는 가장 확실한 일일지도 모른다."

몇 번쯤 윤혜에게 전화를 걸어볼까 망설이다가 말았다. 윤혜의 실패를 예감으로만 끝내고 싶었던 것 같다.

결국 서랍 속 물건들 중 무엇도 버리지 못했다. 그것들은 도로 서랍 속에 들어가 또다시 갇혔다. 딱 한 부 인쇄한 첫 소설도 서랍 속으로 들어갔다. A4용지 오른쪽 모퉁이에 인주가 번진 듯 붉은 얼룩이 있었다. 검지로 빨대를 밀어내던 윤혜의 손동작이 떠올랐다. 때때로 윤혜의 마지막 말이 귓가에 맴돌았다. 현수 자신은 실패조차 시도하지 못했다는 것을 천천히 깨달았다.

무언가를 잃어버렸다는 느낌은 여전했다. 실체 없는 상실감까지 서랍 속에 봉하지는 못했다.

연일 눈이 내렸다. 아침에 출근하면 가장 먼저 눈을 쓸었다. 출입구의 눈을 쓸며 길을 내고 있을 때 사장이 매장 안쪽에서 유리문을 두드렸다. 서점 문을 잠시 닫을 것이라고 했다. 건물주가 월세를 올려달라고 요구했다고 했다. 지금 매출로는 어림도 없다고, 마땅한 점포를 찾는 중이라고 했다. 당분간만 쉬고 있으라고, 언제든 자리를 잡는 대로 다시 부르겠다고 했다.

"책이라도 좀 가져갈래?"

현수는 빈 박스를 가져와 책을 담았다. 박스에는 스물두 권의 책이 들어갔다. 손에 잡히는 대로 담았는데, 박스를 채우고 보니 대부분 윤혜가 좋아할 만한 소설책이었다. 원래 귤이 담겨 있던 박스였다. "유기농 한라 제주 감귤 1등급 특상품 10kg." 무게를 비교해보지 않아도 귤이 들어 있을 때보다 책이 들어간 지금이 훨씬 무거울 것 같았다. 현수는 박스를 안은 뒤 한 발을 내디뎠다. 박스의 무게 때문인지 하체에 저절로 힘이 들어갔다. 현수는 발과 다리에 온 힘을 모은 채 출입구의 문턱 아래를 밟았다. 눈길에 미끄러지지 않고 꼿꼿이 나아가기 위해서는 다리에 모은 힘을 한시도 풀지 않아야 한다는 것을, 끊임없이 균형을 잡으며 똑바로 걸어가야 한다는 것을 현수는 살아온 그 어느 때보다도 이 짧은 순간에 강하게 실감했다.

ㅂ의 유실

어느 날, 읽고 있던 책에서 ㅂ이 사라졌다. 들여쓰기나 띄어쓰기의 간격이 일정하지 않거나 중간중간 글자가 지워진 불완전한 단어들이 페이지마다 몇 개씩 눈에 띄었다. 처음에는 흔히 일어나는 인쇄 오류이거나 집중력 저하로 인한 오독이라고 생각했다. 지워진 글자가 지나치게 많다는 생각을 하면서도 수십 페이지를 넘긴 뒤에야 책 읽기를 멈췄다. 지워진 글자가 있는 문장의 맥락을 확인하며 유추해본 결과 지워진 글자의 자음이 모두 ㅂ이라는 것을 알게 되었다. ㅂ이 사라진 건 그 책에서만이 아니었다. 그 책을 덮은 뒤에도 사라진 ㅂ은 돌아오지 않았다. 다른 책을 몇 권 펼쳐보았으나 어느 책에도 ㅂ이 없기는 마찬가지였다. 내가 가진 모든 책을 일일이 펼쳐본 뒤에도 ㅂ을 끝내 찾지 못했다. ㅂ은 책에서만 사라진 게 아니었다.

노래를 듣는 중에도 ㅂ이 들어가는 가사가 들리지 않았고 동영상을 재생하면 ㅂ이 없는 자막이 나왔다. 심지어는 사람들도 ㅂ을 발음하지 않고 말했다. 노트북에서마저 ㅂ이 표기된 키 캡이 사라진 건 어찌 보면 당연한 일이었다. 읽을 수도 들을 수도 없는 글자를 무슨 수로 쓸 수 있을까. 그제야 이런 의문이 들었다. 왜 하필이면 ㅂ이 사라졌을까. ㄱ이나 ㅁ, 혹은 ㅇ이 사라진 것보다 ㅂ이 사라진 게 나을지도 모르지. ㅌ이나 ㅊ, ㅍ이 사라졌다면 어땠을까. 사라진 글자가 어떤 글자인지 눈치채지 못했을 수도 있을까. ㅂ이 들어가는 단어를 떠올려보았다. 바나나, 부부, 밥, 배롱나무, 병원……. 우리말에는 ㅂ이 들어가는 단어가 생각보다 많았다. 사라진 ㅂ을 대체할 방법을 궁리해보았다. ㅂ과 발음이 비슷한 영문자 B를 쓰면 어떨까. Bㅏ나나, B┬B┬, Bㅐ롱나무. 이런 식으로. 받침이 들어가는 글자를 쓸 때는 ㅇ을 붙여서 쓰면 된다. BㅏB, B영원. 이런 방법은 아무래도 내키지 않았다. ㅂ을 사용하지 않고 ㅂ이 들어가는 단어를 설명하는 것밖에 방법이 없었다. 바나나는 '외떡잎식물 생강목 파초과에 속하는 열매로, 야구를 할 때 착용하는 손 싸개 모양', 부부는 '남편과 아내를 아울러 이르는 말', 배롱나무는…….

사라진 건 ㅂ이라는 글자뿐만이 아니었다. ㅂ이라는 글자를 읽을 수도 들을 수도 쓸 수도 없게 되자, 급기야 ㅂ으로 시작되는 것들의 이름이 기억나지 않게 되었다. 머릿속에서마저 사라지기 시작한 것이다. 나는 ㅂ으로 시작되는 물건들을 새롭게 명명해야 했다. 방망이는 '무엇을 치거나 두드리거나 다듬는 데 쓰기 위하여 둥그스름하고 길게 깎아 만든 도구'로, 바지는 '아랫도리에 착용하는 옷'으로, 밥솥은 '밥을 짓는 솥'이지만 그 전에 밥에 대해 설명해야 하므로, '곡식을 씻어서 솥 따위의 용기에 담고 물을 알맞게 넣어, 낟알이 풀어지지 않고 물기가 잦아들게 끓여 익힌 음식을 짓는 도구'로 말하면 되었다. 하지만 방망이나 바지나 밥솥과 달리 간단히 설명할 수 없는 것들이 세상에는 무수히 존재했다. 그중 하나가 바로 병이다. 여기서 병은 '생물체의 전신이나 일부분에 이상이 생겨 정상적 활동이 이루어지지 않아 괴로움을 느끼게 되는 현상'을 가리키는 것이 아니다. 병은 내가 아는 사람이며 그의 이름은 십간(十干), 즉 '갑을병정무기경신임계' 중 세번째 글자인 '병(丙)'에서 따왔다. 나는 병에 대해 정의하기 위해 그에 대해 내가 아는 모든 것을 쓰기로 했다.

　병은 1987년생으로 한국식 나이로 서른여덟 살이 되었다. 키는 168센티미터. 몸무게는 63킬로그램이며, 어디선가 본 듯하지만 어디서 봤는지는 기억하지 못할 법한 평범한 외모를 지녔다. 혈액형은 A형, 시력은 우안과 좌안이 각각 0.8과 0.7이며 난시가 있어 교정용 안경을 쓰고 다닌다. 살면서 깁스를 한 적이 세 번 있고 실연을 겪은 적도 세 번 있다. 세 번의 직장생활을 했지만 삼 년을 채우지 못했고 마지막 직장에서 퇴사한 뒤 집으로 돌아와 그의 아버지에게 세탁 일을 배우기 시작했다. 세탁소집 셋째로 태어난 병에게는 두 명의 손위 형제가 있는데 그들의 이름은 각각 갑과 을이다. 병은 폭설이 내리던 날 저녁 일곱시경에 태어났다. 병의 아버지는 그가 태어난 날에 대해 이렇게 회고했다.

"세탁소에서 대학병원까지는 십오분 거리였어. 문을 닫고 나왔을 때는 여섯시 이십분경. 이미 해가 저문 뒤였지. 그날은 늦은 오후부터 눈이 내리기 시작했어. 처음엔 희끗희끗 날리던 눈발이 점점 거세지더니 걸어갈 엄두가 나지 않을 만큼 펄펄 쏟아져서 택시를 탔어. 그렇게 큰 눈은 태어난 이래 처음이었지. 그런데 택시가 도통 앞으로 나아가지를 못하는 거야. 당시는 우리 동네에 차가 많지 않았을 때인데다가 날이 궂어서인지 도로도 텅 비어 있었는데, 텅 빈 도로에 쌓인 눈을 뚫고 나아가지를 못하는 거야. 차가 못 나아가면 그냥 내려서 걸어가면 될 것을. 차로도 못 가는 길을 두 발로 걸어서 갈 수 있으리라고 생각을 못 했나봐. 한참을 택시 뒷좌석에 앉아 말없이 기다렸지. 그사이 눈발은 점점 세졌고 도로는 눈으로 뒤덮였어. 손목시계를 보니, 웬걸, 그새 한 시간이나 지나 있었어. 아무래도 이러다가는 오늘 안에 못 가겠다 싶어서 택시에서 내리려고 기사를 불렀지. '기사님, 나 여기서 내릴게요.' 말을 했는데 대답이 없네. '아니, 나 여기서 내려달라고요.' 그래도 대답이 없데. 어깨를 톡톡 쳐도 대답을 않기에 운전석을 봤는데 글쎄, 그 양반이 잠에 든 건지 눈을 감고 있데. 어깨를 두어 번 더 흔들어봤지만 전혀 미동이 없어서 그냥 차 문을 열고 나왔어. 발목까지 쌓인 눈길을 한 발, 한 발, 뚫고 나아가면서 생각했어. 그 사람이 혹시 의식을 잃은 걸까. 내가 도와줘야 하는 건 아닐까. 이 엄동설한에 차 안에 그냥 두면 얼어 죽을 텐데 어떡하지. 나 때문에 죽게 되는 걸까. 내가 죽인 게 되는 걸까. 하지만 뒤를 돌아보지 않았어. 뒤를 돌아보면 이제까지 온 길을 되돌아가게 될 텐데, 내가 갈 길은 뒤가 아닌 앞에 있었거든. '오늘부로 나에겐 먹여 살려야 하는 아이가 셋이나 있어. 아이를 셋이나 먹여 살리기 위해서는 내일 아침 여덟시에 세탁소 문을 열고 초벌 빨래를 마친 옷들을 세탁기에 넣고 돌리고 세탁된 옷을 꺼내 일일이 다림질을 해야 하고 비닐을 씌운 옷들을 집집마다 배달해야 해. 무얼 위해서지? 그다음날 아침 여덟시에 세탁소 문을 열고 세탁기를 돌리고 다림질을 하고 세탁을 마친 옷들을 배달하기 위해서지. 그건 또 무얼 위해서지? 그다음날 아침 여덟시에 세탁소 문을 열고 세탁기를 돌리고 다림질을 하고 세탁이 다 된 옷들을 배달하기 위해서야. 그건 또 무얼 위해서지?' 앞뒤 분간도 안 갈 만큼 눈앞은 캄캄하고, 캄캄한 가운데 하루살이떼 같은 눈은 하염없이 내리고. 대학병원으로 가는 길이 어느 쪽인지 알 수 없었지. 나는 앞으로도 뒤로도 갈 수 없었어. 어디가 앞인지 어디가 뒤인지 도대체 알 수가 없었으니까. 단 한 걸음도 떼지 못하고 한참을 멈춰 서 있었지."

병의 아버지는 이 이야기를 누구도 마주보지 않은 채 독백으로 했다. 결말은 그때그때 달라졌다. 어느 날은 결국 온 길을 되돌아가서 택시 기사를 등에 업고 눈길을 헤치며 응급실에 갔다고 했고, 어느 날은 발이 묶인 채로 눈길 위에서 쓰러졌다가 다음날 응급실 침대에서 눈을 떴다고 했다. 이 이야기의 어느 버전에서도 그는 결국 병이 태어난 산부인과 병동에 도착하지 못했고, 대학병원의 응급실에서 끝을 맺었다. 병의 어머니는 홀로 아기를 낳은 뒤 곧바로 깊은 잠에 빠져들었기 때문에 병의 아버지가 끝내 오지 못했다는 사실을 알지 못했다. 병은 그의 아버지가, 어머니가 그를 출산하는 순간이자 그가 탄생하는 순간 곁을 지키지 못한 것에 대한 변명으로 그 이야기를 지어냈다고 생각했다. 아무리 폭설이 내렸다 한들 걸어서 십오분 거리를 차를 타고 한 시간이 넘도록 가지 못했다는 게 도대체 말이 되는 소리일까. 병은 아버지가 그 이야기를 꺼낼 때마다 이제 그만 죄책감을 내려놓길 진심으로 바랐지만 이건 병의 욕심인지도 몰랐다. 아직 젊었을 아버지가 짊어져야 했을 눈 더미 같은 삶의 무게를 병이 무슨 수로 짐작할 수 있었을까(병이 태어났을 당시의 아버지는 지금의 병보다 어렸다).

태생이 과묵했던 병의 아버지는 자식 넷을 낳고 키우는 동안 해가 갈수록 말이 늘었다. 말의 대부분은 대화가 아닌 독백이었다. 처음 그의 독백은 짧고 명료했다. "염병할." "성질나."

"망했네." 독백은 점점 진화했다. "이게 사람 사는 거냐." "왜 이러고 사냐." "그냥 다 버리고 나가고 싶다. 이놈의 집구석." 물론 병의 아버지는 자식들을 버리고 집을 나가지 않았다. 속에 있는 말들을 독백으로 내뱉는 한, 그는 도망가지 않을 수 있었다. 병이 길에 버려진 강아지를 주워왔을 때, 강아지를 동물병원에 데려가서 주사를 맞힌 건 가족 중에 아버지가 유일했다. 때를 맞춰 강아지에게 사료와 물을 챙겨주는 것도, 귤 박스를 주워와 방석을 깔고 담요를 넣어 보금자리를 만들어준 것도, 잊지 않고 산책과 목욕을 시키는 것도 아버지의 몫이었다. 아버지는 그 모든 일을 누가 시키지 않아도 나서서 했다. 하루가 다르게 자라나는 강아지를 자식들보다도 살뜰히 돌봤다. 그러다 세탁기를 돌리거나 설거지를 할 때 혹은 볼일을 보고 변기 물을 내릴 때마다 이런 말들을 중얼거렸다.

"여기가 개집인지 사람집인지. 개털 날리는 것 좀 봐. 냄새는 또 뭐고. 온몸이 따갑고 가려워서 미치겠네. 지 앞가림 하나 제대로 못 하는 것이 어디서 뭐를 자꾸 주워오고 있어. 식구들 생각은 하나도 안 하지. 하나도. 병신 같은 것. 어디 가서 사람 구실이나 할는지."

병의 아버지가 중얼대는 말들을 가족 모두가 못 들은 척했다. 병의 아버지는 자식들 중 누구도 나무라지 않았다. 그는 언제나 참는 사람이었다. 갑이 친구와 싸우다가 교실 창문을 깨부쉈을 때도, 을이 자전거를 훔치다가 걸렸을 때도 그는 자초

지종을 묻지 않았다. 자식들 면전에 대고 큰소리를 내거나 욕을 입에 올린 적도, 손에 매를 든 적도 없었다. 자식들이 용서를 빌 기회조차 주지 않았다. 다만 모두가 듣고 있는 걸 알면서도, 혹은 누군가 듣고 있다는 걸 알기에, 자신의 입속에서 나오는 모든 말을 입 밖으로 내뱉었고, 물소리에 흘려보냈다. 그가 배설하듯 내뱉은 말은 배수로를 타고 하수도를 통과해 하천으로, 강으로, 바다로 떠내려갔다. 아무도 그의 독백에 끼어들지 않았다. 그가 내뱉는 말 한 마디, 한 마디에 응축되어 있는 감정의 농도가 두려웠기 때문이다. 어떤 일은 제때에 바로잡지 않으면 영영 그 때를 놓치게 되는데, 이 역시 그런 일에 해당했다. 빨래나 설거지 혹은 볼일을 마친 뒤엔 언제 그랬냐는 듯이 입을 다물었다. 자식들의 속마음이 어떻든 아버지의 얼굴은 더없이 평온하고 인자해 보였다. 곧 자식들도 저마다의 독백을 하기 시작했다. 누구도 누구에게 대꾸하지 않은 채 '누군가 들으라고 하는 혼잣말'을 하며 서로의 존재를 견뎠다. 그것이 이 집안사람들이 공생하는 법칙이었다.

앞서 말했듯이 병은 지극히 평범한 외모를 가진 사람이다. 그는 태어난 이래로 눈에 띄는 존재인 적이 없었다. 학창 시절 병이 받은 가장 높은 등수는 반에서 3등이었다. 중간고사에서도 3등, 기말고사에서도 3등, 달리기도 3등. 심지어 중학교 2학년 때까지는 반에서 세번째로 키가 컸다. 반 아이들에게 쪽지나 삐삐로, 추파춥스를 받은 적도 없다. 성인이 되어서도 마찬가지였다. 병을 무심결에라도 돌아보거나 병의 뒤를 몰래 따라오거나 병에게 은근슬쩍 말을 거는 사람은 아무도 없었다. 그건 별스러운 일이 아니다. 이 세상에서 주목받는 사람은 극소수이며, 대부분은 병과 마찬가지로 1등과 2등의 주변부를 이루는 대중으로서의 역할을 충실히 해내며 살아간다. 병은 자신에게 주어진 역할을 일찍이 깨닫고는 눈에 띄기 위한 행동을 최대한 삼가며 살아왔다.

그 결과, 병은 본인이 원했던 대로 저채도 저명도 인간이 되었다. 이건 은유가 아니다. 병은 습자지처럼 반투명한 자신의 존재를 몸으로 수없이 감각하며 살아왔다. 이 사실을 강하게 깨달은 건 스무 살 때였다. 대학교 신입생 환영회 겸 개강 파티 날이었다. 천으로 된 소파 등받이마다 기름냄새가 배어 있고 벽에는 철 지난 광고 포스터가 붙어 있고, 전등덮개 안에는 하루살이떼가 죽어 있던 어둑어둑한 호프집, 병이 앉은 테이블에는 병을 포함해 총 여섯 명의 신입생이 있었지만 왜인지 각각 다섯 개의 접시와 스푼, 포크, 잔이 놓였다. 다들 서로의 앞에 식기를 놓아주기 바쁜 가운데 병의 앞에만 아무것도 놓이지 않았다. 이윽고 테이블마다 두 마리의 치킨과 맥주 세병, 소주 한 병이 놓였다. 병의 잔을 제외하고 모든 잔이 채워졌다. 한 명씩 순서대로 돌아가며 자기소개를 할 때에도 병의 차례를 자연스레 건너뛰었다. 한 학기가 끝나갈 때까지 몇몇 동기는 병의 이름을 제대로 외우지 못하거나 심지어는 얼굴을 알아보지 못했다. 학교 밖에서도 비슷한 일이 종종 일어났다. 혼자 식당에 가서 주문을 하고 음식이 나오길 기다리던 병을 설거지와 뒷정리를 마치고 문을 닫으려던 사장이 발견해 소스라치게 놀라는 일도 있었고, 버스 안에서 깜박 잠이 든 병을 보지 못한 기사가 종점에서 내리는 바람에 버스 안에 밤새도록 갇히는 일도 있었다. 심지어는 길거리에서 홍보물을 나눠주거나 전도하기 위해 길을 묻는 이들마저 병을 눈앞에서 지나쳤다. 그럴 때마다 병은 자신의 몸을 내려다봤다. 해가 밝은 날이면 희미하게 바래진 건 아닐까, 비가 오는 날이면 빗물에 지워진 건 아닐까. 병의 몸은 온전히 그대로였다. 병이 가장 많이 듣는 말은 이런 것이었다. "언제부터 거기 있었어?" 병은 이걸 일종의 은신법으로 삼기로 했다. 무수한 사람 틈에서 자신의 존재를 감추고 살아가는 것. 그리하여 험난한 세상으로부터 유약한 자아를 보호하며 살아가는 것. 이는 병이 터득한 일종의 생존 기술이었다. 병은 과대표나 조별 과제 발표자처럼 번거로운 일을 맡지 않을 수 있었으며 장기자랑 같은 곤란한 상황에서도 지목받지 않고 넘어갈 수 있었다. 어색한 술자리에서 몰래 빠져나오는 병을 아무도 붙잡지 않았다. 누구의 눈에도 띄지 않는 병은 사라질 수조차 없는 사람이었다.

대학교 졸업반이던 스물세 살, 병의 마음에 파문을 그린 이가 나타났다. 그의 이름은 평이었다. 그해 삼월, 한기가 가시지 않은 강의실에서 복학한 선배인 평을 발견한 순간, 습자지처럼 반투명한 병의 마음 위로 물감을 떨어뜨린 듯 무늬가 번졌다. 평의 머리 색깔, 평의 걸음걸이, 평이 자주 사용하는 언어 습관, 평이 좋아하는 음식과 음식을 먹을 때 내는 소리, 평이 다른 사람과 이야기할 때 짓는 특유의 표정 같은 것들을 놓치지 않고 흡수했다. 평의 모습이 시야에서 사라질 때마다 병의 아버지가 때때로 입에 올리던 '십오분 거리를 한 시간 넘게 가지 못하는' 막막함이 병을 사로잡았다.

병의 마음은 십오분 거리를 한 시간, 두 시간을 들여서 가듯 느린 속도로 평에게 다가갔다. 가까이서 본 평은 병만큼이나 자신의 본모습을 감추는 데 능숙한 사람이었다. 평은 자신을 여러 겹의 얇은 막으로 싸고 다녔다. 평은 자신이 꽁꽁 싸매고 있는 심연을 필사적으로 지키려고 했는데, 지나친 방어 태세로 인해 쉽게 들통났다. 평이 지키고자 하는 것은 다름 아닌 믿음 그 자체였다. 평에 따르면 지구는 엄청나게 커다란 동전 모양이라고 했다. 지구는 납작한 원반형으로 되어 있으며 지구의 가장자리는 빙하로 둘러싸여 있고, 그 끝에 다다르면 낭떠러지라고 했다. 낭떠러지 아래로는 아무도 가본 적 없기에, 혹은 갔다가 돌아온 이가 아무도 없기에, 지구 밖의 풍경은 알 수 없다고 했다. 모르긴 몰라도 우리가 익히 아는 우주와는 다를 것이라고 했다. 평은 언젠가 지구의 끝에 가보고 싶다고 했다. 지구의 끝에 발을 디디고 서서 지구 밖을 두 눈으로 보고 싶다고. 끝에 다다라서야 이를 수 있는 '무한의 가능성'을 두 눈으로 꼭 보고 싶다고. 병은 평의 어떤 말에도 반박하지 않았다. "지구는 둥그니까 자꾸 걸어 나가면 온 세상 어린이를 다 만나고 오겠네" 같은 노랫말을 들먹이면 분명 평은 이렇게 말하겠지. "그래서 온 세상 어린이를 다 만나봤어?" 평은 자기가 직접 보고 듣고 겪은 것 외에 무엇도 믿지 않는다고 했다. 모두가 입을 모아 떠드는 말, 허공에 뿌리를 내리고 떠도는 말을 믿지 않는다고 했다. 인공위성이 내려다본 지구의 둥그스름한 형태도, 달의 표면 위를 걷는 영상도 모두 조작된 것이라 했다. 지구에 사는 사람들을 속이기 위해 꾸민 거대한 음모에 불과하다고 했다. 병은 묻고 싶었다. '무얼 위해서지?' 입 밖으로 내지 않은 병의 질문에 평이 답했다. "진실을 감추기 위해서지." "왜?" "거짓을 지키기 위해서지." "왜?" "사람들이 진실을 알면 안 되니까." "왜?" "거짓이라는 게 밝혀지면 안 되니까." 병은 평의 말을 이해하기 어려웠지만 이해되지 않는 것을 이해되지 않은 채로 믿어주기로 했다. 그게 사랑이라고 생각했다. 평의 말처럼 '믿음이란 의지의 문제'일지도 몰랐다. 아버지의 독백이 고백의 형식이듯, 평의 믿음은 불신의 다른 형태였다.

평화, 평등, 평안, 평온, 평소, 평범, 평균, 평면. 이 단어들에 들어가는 '평'은 모두 같은 한자를 쓴다. 한자 '평(平)'의 한글 풀이는 '평평하다, 판판하다, 고르다, 고르게 하다'이다. 그 누구도 다른 누구의 위나 아래에 있지 않은, 모두가 같은 위치 상에 존재하는, 평평하고 판판한, 그리하여 평화롭고 평등하고 평안한, 고르게 익힌 부침개 모양의 지구. 평이 사는 세상이었다. 병은 평의 말에 어떤 판단도 내리지 않았다. 맞는다거나 틀리다거나 가타부타하지 않고 고개만 끄덕였다. '평에게는 자신의 말을 있는 대로 들어줄 사람이 필요했던 게 아닐까. 그냥 그걸 해주는 게 내가 할 수 있는 전부가 아니었을까.' 병은 평의 말을 바로잡으려 애쓰지 않았던 이유에 대해 그렇게 생각했다. 드넓고 드넓은, 그리하여 끝이 없어 보이는 지구 어딘가에 명확히 표시된 '끝'이 있다는 사실이 평을 지켜주고 있다고, 병은 생각했다. '끝이 있다는 걸 알고 있는 사람은 그 끝에 섣불리 다가가지 않으니까.' 병이 할 수 있는 일은 평의 내핵을 지켜주는 믿음이란 보호막을 지켜주는 일뿐이었다.

평의 곁에서 병은 외로움을 배웠다. 평이 없을 때는 알지 못하던 감정이었다. 평은 늘 여기 이곳이 아닌 어딘가 다른 곳을 꿈꿨다. 끝이 존재하는 땅에서의 유한한 삶, 언제고 떠나가거나 떠나보낼 이들, 매 순간 나타났다 사라지는 생각들, 입 밖으로 내뱉는 순간 공기 중에 흐트러지는 말들에 마음을 붙일 수 없었기 때문이다. "나는 쉽게 잃을 수 있는 걸 가지고 싶지 않아." 평이 말하는 '쉽게 잃을 수 있는 것' 중에는 자기 자신도 포함되어 있었다. 평은 매일 아침 눈을 뜰 때마다 어제와는 다른 사람으로 태어난다고 했다. 육체의 항상성을 유지하기 위해 자살을 선택하는 세포들처럼, 필요한 기억만 남긴 채 매일매일 죽고 태어나는 과정을 반복하는 중이라고 했다. 오늘의 나는 어제의 내가 선택한 기억을 가지고 태어난 새로운 나일 뿐이라고. 그 사실을 상기하면 자신을 포함한 세상의 그 무엇에도 집착하지 않을 수 있다고 했다.

그런 이유로 병은 평이 원하는 때에, 원하는 장소에서, 원하는 시간만큼만 함께할 수 있었다. 병은 평이 원하는 때 평의 곁에 있기 위해 같은 자리에서 벗어나지 않았다. 둘의 사이에는 항상 일정한 간극이 있었다. 줄어들지도 늘어나지도 않는 간극. 걸음을 뗄 때마다 물러나는 지평선에 다가가는 심정으로 평을 바라보며, 병은 처음으로 마음이라는 부위의 위치를 감각했다. 숨이 턱 막힐 때에야 비로소 살아 있음을 느꼈다. 물론 병의 마음 한구석에는 평에게 닿고 싶다는 소망이 몸을 키워가고 있었다. 손을 대는 순간 구름처럼 사라질지라도 한순간이나마 그러안아보고 싶었다. 그러면서도 평이 그어놓은 선을 넘어 한 발짝 다가간 순간, 병을 피해 뒤로 물러난 평이 지평선 너머의 낭떠러지로 떨어질까 두려웠다.

"지구가 기울어지고 있어."

평은 그렇게 말하며 컵에 꽂혀 있던 빨대를 바닥에 던졌다. 빨대가 한쪽 방향으로 굴러갔다. 지진이 일어난 날로부터 며칠이 지난 어느 날이었다. 남부지방에 위치한 해안 도시가 진원였다. 오래된 아파트 건물이 비스듬히 기울었고, 주차되어 있던 차들이 부딪치는 등 큰 피해가 있었다. 그 도시의 인근 지역은 물론이고 멀리 떨어져 있는 지역에 사는 많은 이들도 결코 일상적이라 할 수 없는 진동을 느꼈다. 지진이 일어난 오전 열시경, 병은 잠을 자는 중이었다. 병이 누워 있던 방이 파도처럼 한차례 출렁거렸다. 물 위에 떠 있는 꿈을 꾸었다고 생각했다. 끝 모를 바다인지 드넓은 강인지 잔잔한 수면 위에 허허롭게 떠 있다가, 느닷없이 밀려온 파도의 움직임을 따라 몸이 잠시 출렁였다고. 파고가 꽤 높아서인지 가벼운 어지럼증을 느끼며 깨어났다.

얼핏 눈을 떠서 꿈인 걸 확인했지만, 그 생생한 감각만은 몸의 어딘가에 통각처럼 새겨졌다. 병이 잠시 눈을 떴다 곧바로 다시 잠에 빠진 사이, 지진과 관련된 속보가 몇 차례 방송되었다. 먼저 진원지인 도시에서 일어난 교통사고가 크게 다뤄졌다. 좌회전을 하려던 차가 갑작스러운 진동으로 인해 방향을 틀지 못하고 그대로 직진했다. 차는 바로 앞 건물로 돌진해 유리벽을 들이받았다. 건물 일층 커피숍에서 일하던 아르바이트생은 유리벽을 산산조각 낸 뒤 자신을 향해 달려드는 차를 미처 피하지 못했다. 그는 곧바로 응급실로 이송되었다. 잇따라 몇 차례의 자잘한 여진이 일어났고, 크고 작은 사고가 발생했다. 병은 뉴스를 보지 않았기에 지진이 일어났다는 사실을 알지 못했다. 문득문득 발아래의 진동을 느꼈지만 지진처럼 큰 일과 연결짓지 못했다. 자신에게 일어난 어떤 일도 '별일'로 여기지 못하는 오랜 습성 때문이었다.

"너는 아무것도 안 느껴져?"

불안정한 땅 위에 발붙이고 살아가기 위해, 사람들에게 필요한 생존 능력은 다름 아닌 상상력이었다. 보이지 않는 땅속 깊은 곳에서 일어나는 일들을 저마다의 상상으로 해석하며 파편처럼 곳곳에 흩어진 여진을 견뎠다. 평 또한 지진이 발생한 이유에 대해 나름의 가설을 펼쳤다. 아무도 자각하지 못하고 있지만, 지구는 서서히 기울어지는 중이라고 했다. 미세한 기울기를 따라 냉장고며 세탁기며 수납장 같은 것들이 조금씩, 조금씩 이동하고 있다고. 건전지나 페트병, 연필 등 원통형의 물건을 보이지 않는 경사의 위쪽에 놓아두면 아래쪽으로 도르르 굴러갈 것이라고. 하지만 사람들은 그런 사실을 눈치채지 못한 채, 아주 조금씩 기울어진 그 각도에 맞춰 아무렇지 않은 듯이 살아가고 있을 수도 있지 않느냐고 말했다.

"우리는 빨리 저 위로 올라가야 해."

평의 입에서 나온 짧은 문장 중 두 개의 단어에서 병은 멈칫했다. '우리' 그리고 '위'. 우리라고 함은 말하는 이와 듣는 이, 즉 병과 평 두 사람을 가리키는 것일까. 아니면 말하는 이와 듣는 이를 포함한 여러 사람을 가리키는 일인칭 대명사, 즉 병과 평을 포함한 인류 전체를 가리키는 것일까. 그런 의문이 드는 한편 '위'라는 단어가 평의 생에 유례없는 지각변동과도 같은 말이라는 것을 병은 단번에 이해했다. 누구도 누구의 위에 있지 않고 누구도 누구의 아래에 있지 않은 평평한 세상에 돌연 '위'와 '아래'가 생겨난 것이다. 위와 아래가 생겨난 이상 모든 이가 위를 원하게 되리라는 것은 자명한 사실이었다. '위'를 말하는 순간 평의 손끝이 하늘을 가리키고 있었다는 걸 당시에는 알아채지 못했다.

"시간이 없어. 내일 두시에 출발할 거야. 여기서 봐."

집으로 돌아온 병은 정신없이 짐을 꾸리기 시작했다. 평의 주장이 이치에 어긋나는지 그러지 않은지는 중요하지 않았다. 세계의 꼭대기를 향해 떠나는 길, 그 머나먼 여정의 동행으로 평이 자신을 선택했다는 것에 경도되어 있었기 때문이다. 실재하지 않는 지구의 꼭대기에 이를 때까지, 존재하지 않는 세상의 종점에 다다를 때까지, 병과 평은 걸음을 멈추지 않고 앞으로, 앞으로, 앞으로, 앞으로 나아갈 것이다. 그러니까 그 말은, 병과 평은 죽기 전까지 어쩌면 죽는 순간에도 나아가 죽은 뒤까지도 영영 서로의 곁에 함께한다는 뜻이었다. 앞으로 펼쳐질 새로운 삶을 상상하느라 병은 밤새도록 잠을 이루지 못했다. 늘 어딘가 다른 곳에 존재하리라고 막연히 믿었던 자신의 진짜 삶을 향해 한 발 내디딘 듯했다.

그해 이월 두 사람은 나란히 대학을 졸업한 뒤 텅 빈 시간을 허우적대며 보내는 중이었다. 광활한 시간 속에서 평은 아예 길을 찾지 않기로 마음먹은 것처럼 보였다. 병이 일하는 편의점에 불쑥 찾아와서는 폐기 처리 된 지 얼마 안 된 음식들을 모조리 가져갔다. 가져간 음식을 다 먹을 때까지는 병을 찾지 않았다. 아무리 세계에 끝이 있다고 믿는 평이라고 해도 그 시간을 견디는 것이 막막하지 않을 수 없었으리라고 병은 생각했다. 어쩌면 불안감을 감추기 위해서 몸을 숨기는 편을 택했으리라고. 그건 병도 마찬가지였다. 가까운 미래를 생각하면 한가운데가 뚝 끊어진 다리 너머 저편을 보는 기분이었다. 두 눈에 보일 듯 말 듯하지만 닿을 수는 없는 어딘가, 그곳에 병의 미래가 있었다. 오늘과 연결되지 않는 내일, 마디가 분절되어 토막난 시간을 별수 없이 견뎠다. 그런 두 사람을 지상으로 끌어낸 것이 바로 지진이었다. 평과 병에게 지진이란, 이제부터 진짜 삶을 찾아가라는 신호와도 같았다. 평과 병 사이에 존재하던 자기장의 범위가 좁혀진 순간이었다.

병은 그날 뜬눈으로 밤을 새웠다. 오전 두시경 한반도 상공 위로 국제우주정거장이 지나가며 병의 눈동자를 잠시 비췄다.

결국 병은 평과 함께 지구의 꼭대기로 가지 못했다. 다음날 오후 두시, 약속 장소인 편의점 앞으로 갔을 때 평의 모습은 보이지 않았다. 병은 그 자리에 서서 한 시간, 두 시간이 지나도록 움직이지 않고 기다렸지만 평은 끝내 나타나지 않았다.

시곗바늘이 다섯시를 가리킨 뒤에야 평이 말한 시간이 오후가 아닌 오전일 수도 있다는 생각을 어렴풋이 했다. 하지만 그땐 이미 늦은 뒤였다. 열다섯 시간만큼이나. 평은 지금 어디에 있을까. 이곳에서부터 열다섯 시간 거리만큼 떨어진 어딘가에서, 존재하지도 않는 세계의 끝을 찾아 무작정 앞으로 나아가는 중일까. 병은 한 발자국도 뗄 수 없었다. 평이 향하고 있는 '위'가 어느 방향인지 알 수 없었기 때문이다.

나는 병이 거짓말을 하고 있다는 걸 알아챘다. 그날 오후 두시, 병은 자신을 기다리는 평의 뒷모습을 멀찍이서 보았을 테다. 그리고 평에게로 향하던 걸음을 멈추었을 테다. 병은 끝끝내 이해에 도달하지 못할 것이란 걸 예감했을 테다. 존재하지도 않는 세계의 끝으로 가는 고단한 여정을 완주하지 못하고 좌절하기보다는 애초에 포기하는 편을 택했을 테다. 이로써 병은 평을 단 한순간도 온전히 이해한 적 없었음을 비로소 인정했다. 그의 모든 말에 고개를 끄덕이고 맞장구를 쳐주었지만 그건 진정한 이해가 아니었노라고. 그리고 평도 그 사실을 알고 있었으리라고 말이다. 불완전한 이해의 시도와 예견된 한계. 그게 바로 병과 평이 세계의 끝을 향해 함께 갈 수 없던 까닭이었을 테다.

세계의 끝으로 가는 대신 집으로 돌아온 병은 아르바이트를 병행하며 부지런히 이력서와 자기소개서를 쓰고 면접을 보러 다녔다. 수개월 후 첫 직장에 입사했다. 그곳에서도 여전히 아무도 병에게 눈길을 주지 않았지만, 누군가 눈여겨보지 않아도 착실히 그날의 업무를 하며 살아갔다. 아무도 가르쳐준 적 없지만 하루하루에 만족하는, 혹은 만족하지 않더라도 하루 분량의 하루를 살아내는 법을 차차 익혔다. 언젠가 평이 말했던 대로 매일 밤 자신을 죽이고 매일 아침 태어나기를 되풀이하면서 끝이 보이지 않는 날들을 견뎠다.

병은 그뒤로 평을 한 번도 보지 못했다. 그는 정말 세계의 끝에 도착했을까. 끝 너머로 펼쳐진 바깥세상을 눈으로 끝내 확인했을까. 혹은 아직도 끝을 찾아 끝나지 않는 여정을 걸어가는 중일까. 까닭 없이 몸의 균형을 잃을 때마다 하늘을 올려다봤다. 그때마다 반짝이는 무언가와 눈이 마주쳤다.

***

내가 할 수 있는 병의 이야기는 고작 이런 것이 전부다. 이 이상 아무리 길게 이야기해봤자 병에 대한 모든 것을 끝내 말할 수 없다는 걸 안다. 한 사람에 대해 한 권, 두 권, 열 권, 백 권의 책을 쓴다고 해도 그를 온전히 이해하는 일이 불가능하다는 것도. 나는 병의 동생인 정으로, 현재 병과 함께 사는 유일한 가족이다. 병은 옷에 묻은 얼룩을 지우고 소재에 따라 분류해 세탁기에 돌리고 세탁이 끝난 옷을 건조한 뒤 다림판에 올린 옷을 평평하게 다림질하는 일을 반복하며 하루하루를 살아가고 있다. 겉으로 보기에 병의 일상은 평탄하게 돌아간다. 병과 나는 꼭 필요한 말 외에는 대화를 주고받지 않는다. 대신 병은 아버지의 방식대로 독백을 한다.

"아무짝에도 쓸데없는 것. 읽을 만한 글이라곤 한 글자도 못 쓰는 주제에 밤낮으로 노트북만 끼고 앉아 있는 꼴 좀 봐. 내 뼈가 삭든 몸이 축나든 관심도 없지. 지밖에 모르는 게 무슨 책 을 쓴다고. 이기적인 것."

독백은 고백의 형식이다. 아무런 언쟁도 갈등도 폭력도 없 이 관계의 항상성을 유지하며 살아가기 위한 침묵으로서의 소 통 방식. 병은 나의 밥을 차려주고 속옷과 이불을 빨고 내 방을 청소하는 틈틈이 독백을 하고, 나는 병의 말을 받아 적으며 그 의 독백을 견딘다. 나는 병의 죽음을 바라면서도 그의 영생을 빈다. ㅂ으로 시작되는 모든 글자처럼 그가 돌연 내 눈앞에서 사라질까봐 두렵다.

ㅂ 없이 글을 쓰기란 쉽지 않은 일이었다. ㅂ을 잃자 ㅂ이 들어가지 않는 다른 단어들도 하나씩 잃어갔다. 쓰려고 했거 나 쓰고 싶던 모든 문장이, ㅂ이 빠져 생긴 구멍으로 빨려들어 가는 듯했다. 글자 하나, 하나는 외따로 존재하는 게 아니었다. 그것들은 거대한 언어 체계의 사슬을 이루는 조각이었다. 글 자 하나가 사라짐으로써 내 사고를 떠받치고 있던 언어 체계 에 금이 간 것이다. 내가 속해 있는 세상이 무너지고 나서야,

그토록 버리고 싶고 떠나고 싶던 수많은 것이 사실은 나를 지탱해왔음을 깨달아갔다.

한 문장도 쓰지 못하고 몇 날 며칠을 보낸 뒤, 결국 나는 키보드를 고치러 수리센터에 갔다. 노트북을 열어 키보드를 보여주자 수리 기사는 얼굴을 찌푸렸다. ㅂ을 찾지 않고 ㅂ을 제자리에 돌려놓을 수 없다고 말하며 구멍난 자리와 그 주변을 손으로 더듬었다. 잠시 고민하던 그는 작업대 뒤에 있는 캐비닛의 문을 열고 무언가를 꺼냈다. 노트북 키보드였다. 캐비닛 안을 흘끔 보니 동강난 키보드를 비롯해 고장난 각종 전자 제품들이 들어 있었다. 그가 꺼내온 키보드에도 ㅂ은 없었다. 그는 골똘히 키보드를 바라보며 있지도 않은 ㅂ을 한참 동안이나 찾았다. 그러다가 ㅂ이 아닌 다른 글자 키 캡을 빼냈다. B였다. 그는 ㅂ이 있던 자리에 B를 끼워 넣었다. 그리하여 나는 키보드에 B가 두 개인 노트북을 갖게 되었다.

키보드상에서 ㅂ은 셋째 줄의 두번째 칸에, B는 다섯째 줄의 여섯번째 칸에 배치되어 있다. ㅂ은 주로 왼손 새끼손가락을, B는 주로 오른쪽 검지를 사용해서 쓴다. 물론 내 키보드는 예외다. 내 키보드에는 B가 두 개인데, 그중 하나를 누르면 B가 아닌 ㅂ이 나타난다. ㅂ을 쓸 수 있게 되자 ㅂ을 읽고 들을 수 있게 되었다. ㅂ을 잃었던 것과는 반대 방향으로 ㅂ을 되찾아갔다. 나는 비로소 병을 병이라고 쓸 수 있게 되었다. 병에 대해 긴긴 설명을 늘어놓지 않아도, 병이라는 글자 하나로 병을 명명할 수 있게 되었다. 병이라는 글자는 병이라는 사람의 총체다. 더할 것도 보탤 것도 없는, 글자 그대로의 '병'을 쓰며 내가 아는 병의 이야기를 마친다.

필연적 사건에 대한 고찰

소유정(문학평론가)

쓰는 이유

"어떤 이들은 이야기를 하고, 어떤 이들은 이야기가 된다."(174쪽) 되고 싶거나 하고 싶은 욕망이 이야기와 맞붙는다면 방우리의 말처럼 "소설이란 것은 결국 이분된 욕망으로 나뉜 이들끼리 쓰고 쓰이는 이야기"(175쪽)라고 할 수 있겠다. 「행갈이」의 현수는 이런 분류에 자신을 적용하자면 "이야기를 하는 사람"(175쪽)이라는 생각으로 소설을 쓴다. 하지만 현수에게 소설은 아직 모호한 대상이다. 그렇기 때문에 왜 소설을 쓰고 싶은가, 왜 이야기를 하는 사람이고 싶은가에 대한 탐구 없이 "하루에 몇 시간씩 쓰는지, 쓰는 시간은 정해져 있는지, 글을 쓰다 막힐 때는 어떻게 극복하는지, 내용은 주로 경험에 의한 것인지 상상에 의한 것인지"(174쪽)를 따지며 소설 쓰기에 방법적으로 적용해보려고 한다. 분명한 목적의식 없이 쓰기 위해 쓴다는 점에서 어쩌면 그는 실패가 예견되어 있는 사람이었을지도 모른다. 이런 현수에게 '행갈이'가 소설에서 가장 중요하다는 윤혜의 말은 아리송하게 들릴 수밖에 없다. 단번에 충분한 이해로 닿지 않은 말은 현수가 겪은 몇 번의 실패 이후, 가령 소설 쓰기나 윤혜와의 관계, 또는 생계와 관련된 일이 수월하게 풀리지 않던 어느 때에 짐작 가능한 의미로 변모한다. 적절한 때에 문장이 숨을 쉴 수 있게 만드는 행갈이로 하여금 "소설의 구절은 독립된 개체로 존재하면서도 다른 구절과 유기적으로 관계"(173~174쪽)할 수 있다는 말은 눈길에 미끄러지지 않기 위해 "끊임없이 균형을 잡으며 똑바로 걸어가야 한다는 것"(180쪽)처럼 삶에도 충분히 적용해볼 수 있기 때문이다. 한편, "내가 알지 못하는 것들에 대해"(172쪽) 쓴다는 윤혜의 소설 역시 직관적인 이해와는 거리가 있지만 명확한 목적의식이 있기에 현수와는 차이가 있다. 자신만의 소설 철학을 내세우는 윤혜의 말은 이 책 수록작의 흐름으로 미루어볼 때 방우리의 소설론과도 연결된 것으로 보인다. "분명 어디선가는 일어났을 일"을 "상상해서 글이라는 형태로 남기는 것", "일어난 일을 일어난 일로"(173쪽) 만드는 것이 그가 소설을 쓰는 이유이자 목적인 셈이다.

  일곱 편의 수록작 중 대부분의 소설이 쓰는 사람에 대한 이야기로 이어지는 가운데 「ㅂ의 유실」의 쓰는 이는 자신의 세계에서 한글 자음 'ㅂ'이 사라지는 이상한 일을 겪기도 한다. 한 편의 소설 안에서 글자의 유실은 어니스트 빈센트 라이트의 『개즈비Gadsby』나 조르주 페렉의 『실종La Disparition』에서 'e'가 사라진 형태로 나타났듯 전례가 없는 것은 아니다. 「ㅂ의 유실」은 소설의 형식적인 실험을 위해 쓰였다기보다―실제로 소설 안에서도 ㅂ을 제외한 형태로 소설이 쓰이지 않았으므로―한 사람이 자신의 언어 체계를 재사유하는 것에 초점을 둔다. 글자 하나가 사라진 탓에 "ㅂ으로 시작되는 것들의 이름"이 "머릿속에서마저 사라지기 시작"(184~185쪽)하자 '나'는 "ㅂ으로 시작하는 물건들을 새롭게 명명"(185쪽)하기에 이른다. 웬만한 것들은 간단한 설명으로 대체가 가능했지만 그럴 수 없는 존재가 있었다면 그건 바로 병이었다. 소설은 병에 대한 새로운 정의를 위해 자신이 알고 있는 모든 이야기를 늘어놓는 한 사람의 독백으로 채워진다. 갑을병정의 순서대로 네 명의 형제 중 셋째로 태어난 병은 특별한 색채가 없는 "저채도 저명도 인간"(191쪽)으로 살아왔으나 대학에서 선배 평을 만난 후 "마음 위로 물감을 떨어뜨린 듯"(193쪽)한 새로운 감정을 느끼며 그와 사랑에 빠진다. 평은 유한한 삶을 벗어나 미지의 세상을 향해 함께 갈 것을 제안하지만 병은 끝끝내 그를 이해하지 못하며 다시 홀로 남는다. '나'에게 전달받은 병에 대한 이야기의 끝이다.

글자가 유실된 세계에서 ㅂ 없이는 말할 수 없는 어떤 이에 대해 회상하고 쓰기란 자신의 언어 체계가 불완전하다는 사실을 확인하는 일임은 분명하다. 그런데 소설 말미에서 화자는 자신이 "현재 병과 함께 사는 유일한 가족"이며 "병의 동생인 정"(202쪽)임을 밝히며 병을 새롭게 정의하려고 했던 시도가 가장 친밀하면서도 낯선 가족을 이해해보려는 시도로 이어질 수 있다는 해석을 가능하게 한다. 또한 이는 동시에 "병의 죽음을 바라면서도 그의 영생을"(203쪽) 바라는, 애증 섞인 감정으로 점철된 아이러니한 자신을 돌아보려는 시도이기도 하다. "병이라는 글자는 병이라는 사람의 총체"(205쪽)임을 다시금 깨닫는 마지막 장면에서 '나'는 "그토록 버리고 싶고 떠나고 싶던 수많은 것이 사실은 나를 지탱해왔음을"(203~204쪽) 알게 된다. 이 말은 병은 독백을 하고, 정은 그 독백을 받아 적는 "침묵으로서의 소통 방식"이 "관계의 항상성을 유지"(203쪽)하기 위한 최선일 수 있으며 그 지난함 속에서도 어느 한쪽의 유실은 나머지 한쪽의 움직임마저 멈추게 하는 원인이 될 수 있다는 깨달음이다. 결국 정에게 병은 가족으로서도, 이해하고 싶은 한 사람으로서도 결코 배제할 수 없는 존재로 유효하다.

잊히고 잃어버린 것들의 자리

「ㅂ의 유실」은 글자의 유실뿐 아니라 그로 하여금 잊게 될 병이라는 사람의 상실을 전제로 한다. 상실은 방우리의 소설을 이루는 주된 키워드 중 하나다. 이 소설집에서 발견되는 상실은 누군가의 죽음에서 비롯되는 것이기도 하지만 잊히거나 잃어버리게 된다는 단어의 본래 의미와도 연관된다. 수록 작 중 「이사」는 잊히고 잃어버린 모든 것에 대한 소설이다. 옆집 아이 수아가 개를 맡기는 장면에서부터 시작하는 이 소설은 개의 실종으로 인해 변곡점을 맞이한다. 부부관계에 균열이 가기 시작한 것도 그때부터였다. 아니, 사실 발생은 그보다 더 오래전이었으나 비로소 눈치를 채기 시작한 시점은 그때다. 여기서 초점화자인 남자를 따라 시선을 옮길 때 독자는 여자의 예민한 말과 행동이 "과민반응"(15쪽) 같다는 남자 쪽의 생각을 먼저 접하기에 이 사건의 흐름에 혼란이 생길 수밖에 없다. 그러나 초점화자를 벗어나 이 관계의 전체를 들여다볼 때 남자의 무감한 반응들("어쩌지? 개를 새로 사줘야 하나?", 15쪽)이 여자에게는 이혼을 결심하게 하는 중요한 요소임을 무시할 수 없다. 남자의 무심한 태도는 "침대를 들어낸 자리"에 있는 "온갖 잡다한 물건들"(24쪽)로 가시화된다. 그리고 잃어버린 줄도 모른 채 잊힌 것들의 무덤 속에서 마침내 수아의 개 치치가 사체로 발견되는 장면은 관심 없이 최소한의 돌봄도 행하지 않았던 그의 모습이 참혹한 결과로 나타남을 보여준다. 자신의 행동이 누군가를 죽음에 이르게 했다는 진실과 마주한 남자는 더이상 이전과 같을 수 없다. 이후 그가 자각하는 가장 큰 변화는 집안 곳곳이 망가지고 있다는 사실을 깨닫게 되었다는 점이다. 소설의 마지막 장면에서 "아주 작은 진동"(31쪽)과 함께 집이 허물어지고 있음을 감각한 순간, 남자는 "아내의 몸" 역시 "집이 낡아가는 것과 같은 속도로 마모되고 있었다는 사실"(32쪽)을 뒤늦게 알게 된다. 자신이 속한 모든 것의 붕괴로 인해 그에게 잃어버리지 않은 것은 이제 아무것도 없다.

「이사」의 결말에서 나타나는 집의 붕괴는 남자의 안온한 (것처럼 생각했던) 세계가 무너졌다는 뜻이기도 하지만 안전할 수 있는 공간의 붕괴이기도 하다. 안의 붕괴로 인해 남자는 안전이 보장되지 않은 바깥으로 내몰리는 결과를 맞이하게 되었다. 안과 밖은 방우리의 소설에서 수차례 명확하게 구분된다. 그 분류는 "공간이라기보다는 차라리 시간"(「창문을 여는 일」, 37쪽)이거나 "냄새"(「물왕멀」, 66쪽)로 가능하다. 가령 「행갈이」에서 현수가 쓴 첫 소설 속 이야기처럼 안과 밖의 시간 흐름은 다를 수 있다. 「이사」의 남자 역시 "일시 정지 버튼"을 누르고 바깥의 흐름과는 다른 "'유예'"(16쪽)된 시간을 살고 있었으나 여자와의 이별로 인해 그간의 유예에 준하는 만큼의 빠른 속도로 현실의 시간과 마주하게 되었기에 자신의 공간은 붕괴될 수밖에 없었던 것이다. 그 밖에 다른 소설에서도 인물들은 주로 안쪽 공간에 위치하며 현실과 어긋남이 있는 시간적 흐름을 따르는 경향을 보인다. 안쪽에 있을 때의 그들은 안전한 것처럼 보이지만 안과 밖의 경계에 머무르는 어떤 순간, 예컨대 옥상과 같은 공간에서는 "사람은 아닌데, 사람 껍데기 같은"(「낙원맨션」, 107쪽) 이상한 존재와 마주치는 기이한 경험을 하기도 한다.

　「창문을 여는 일」의 '나' 또한 안쪽에 있는 사람으로 사무실에 출근해 창문으로 바깥을 내다보는 것을 즐긴다. 창문을 통해 보이는 바깥 풍경은 철저히 관찰자 시점으로 전달되나 여기에 관찰과 응시가 아닌 상상이 개입될 때 현실과 상상의 경계는 불분명해진다. 그뿐 아니라 "사무실 어디에도 시계가 없다는"(59쪽) 점에서 이 소설에서 안과 밖은 앞서 전제한 바와 같이 시간으로 구분되지 않으며, 그렇기에 안과 밖의 경계를 분명히 할 수 없다. 이런 점에서 '나'는 신뢰할 수 없는 화자로 변모한다. 이를 증명이라도 하듯 '나'는 자신이 본 장면과 상상한 것을 한데 섞어 늘어놓는다. 비가 내리고 있다가 곧바로 물기 없이 마른 바깥을 비추는 장면이나 갑작스러운 물음들, 사무실 안 '나'의 자리와 공터의 벤치가 전도되는 등 이해할 수 없는 흐름으로 이 소설이 이어지는 까닭은 위와 같은 이유에서다. "왜 눈은 바깥을 향해 열려 있을까. 눈으로 바깥이 아닌 안을 볼 수 있다면 무엇이 보일까."(38쪽) 이 물음에 '나'는 상상으로 답을 한 셈이다. 바깥(현실)을 향해 열렸던 눈은 이제 '나'의 안쪽(상상)을 향했다. 시선의 방향이 다른 곳을 향했다는 말은 이제 오히려 바깥을 향해 열린 눈이 불편해질 수 있다는 암시이기도 하다. 소설의 마지막 장면은 그것에 대한 확인이다. CCTV 녹화 영상에서 침입자의 흔적을 발견하고 카메라를 부수는 행위는 그가 부정하고 싶은 시간을 증명하는 셈이다.

명멸하는 삶

「창문을 여는 일」에서 바깥을 향해 열린 화자의 눈이 아직 유효했을 때 그가 전했던 풍경 중 눈에 띄는 이름이 있다. 소설집의 제목이기도 한 '낙원맨션'이 그렇다. 같은 제목의 표제작뿐 아니라 이 소설에서도 같은 공간의 주변을 맴도는 인물이 등장하면서 한 공간을 중심으로 소설 간의 연결이 발생한다. '낙원'이라는 이름과는 거리가 있는 낙후된 환경인지라 공간에 대한 이질감이 더욱 크게 느껴진다. 「낙원맨션」에서 보다 두드러지는 낙원맨션이라는 곳은 주인공 지나가 유년을 보낸 집이다. 엘리베이터가 없어 몇 칸씩 계단을 오르내리거나 굴러서 내려오는 방법을 터득했던 곳이자 엄마의 외도와 가출로 혼자 집을 지켜야 했던 첫 상실을 견딘 공간이기도 하다. 그렇기에 지나와 비밀 사내 연애중인 남자친구 준오가 바람을 피우고 있다는 소식을 들었을 때 낙원맨션이 떠올랐던 건 어쩌면 당연한 일이다. 그런데 떠올리는 것에서 그치지 않고 낙원맨션을 찾아가기까지 하는 건 지금의 상실을 곱씹으며 과거를 반추하려는 목적에 있지 않다. 자신이 버림받은 존재가 아니라 '버린 존재'로 개를 유기했던 흔적을 찾아 "스스로가 죄의식을 느낄 수 있는 인간이라는 느낌"(121쪽)을 획득하기 위한 것이 지나의 목적이다. 이후 그 개를 다시 찾으려고 노력했는지, 아닌지 진실은 알 수 없다. 다만 "각자가 선택한 진실을 진짜 진실이라 믿고 살아가는 것"이 "마땅한 삶의 방식"(122쪽)이며 "최선"(123쪽)이라고 자신을 위안한다. "진실하면서도 그릇된 마음"(123쪽)이라는 아이러니한 논리로 지나는 상처받는 자의 입장에서 애써 벗어난다.

소설집 안에서 장소성이 두드러지는 또다른 작품이 있다면 「물왕멀」을 말할 수 있을 것이다. 전주 선미촌을 배경으로 하는 이 소설은 마을의 모습을 기록할 목적으로 온 이나와 어디로든 벗어나고 싶던 '나'의 걸음을 추적한다. 과거 성매매 집결지였던 물왕멀은 인적이 드문 동네가 된 지 오래였고 떠난 이들이 남기고 간 물건들만이 그 자리를 차지하고 있었다. "마을을 돌아다니며 물건들을 수집"(68쪽)하고 바삐 움직이는 이나와 달리 '나'는 "버려진 물건들로 구현해낼 삶은 진짜 삶과 얼마나 닮아 있을까"(69쪽)라고 중얼거리며 다소 회의적인 모습을 보인다. 그건 아마도 '나'에게 '진짜 삶'에 가깝게 느껴지는 건 물건 따위가 아니라 마을의 냄새를 품고 자꾸만 이곳으로 돌아오는 죽은 순미 이모 쪽이기 때문이 아닐까. 선미촌의 동네 만신이자 고물을 주워가며 생계를 잇다 교통사고로 세상을 떠난 실존 인물 김오순씨를 모티프로 하는 순미 이모는 물왕멀이라는 마을이 품고 있는 "죽음과 생에 거듭 자리를 내주어 생긴 고유한 냄새"(67쪽)를 온몸으로 입은 한 사람이다. '나'는 순미 이모의 "환각"이 보이고 종종 "환청"(86쪽)이 들리기도 하는 이유를 이나가 주워온 물건에서 찾는다. 아카이빙을 목적으로 수집하는 것이라고 하지만 "과거의 흔적"(76쪽)에서 헤어나지 못하는 이나의 행동이 '나'는 조금 답답하다. 과거를 되짚는 건 약 일 년 전 그토록 벗어나고 싶었던 자신의 과거로 돌아가는 일 같고, 과거 속에서 글을 쓰는 일은 "일종의 실어증"(76쪽) 같은 증상을 불러오기도 했다. 결국 '나'는 마을을 떠나고자 다짐한다. 이는 자신의 현재를 살기 위함이지만 "떠나온 곳으로 돌아간다는"(88쪽) 불편한 사실은 결국 그가 과거의 그늘로부터 벗어나지 못했음을 의미한다. 그리고 떠나기 전 이나가 마을의 물건들로 꾸린 전시에서 '나'는 또 한번 이상한 경험을 한다. 그동안의 환각 또는 환청이 "마치 마을이 한 입으로 여러 말을 하는"(89쪽) 듯 동시다발적으로 눈앞에 펼쳐졌기 때문이다. 버려진 물건들로 구현된 삶은 과거의 한 시절에 대한 완벽한 재현이 된다. 이때 물건들에게서 흘러나오는 소리를 '나'는 온전한 언어로 구성되어 있는 "말소리"(76쪽)로 인식한다. 그러나 이것만으로 실어증을 극복했다고 말할 수 없는 이유는 "그들의 말에 끼고 싶어"하지만 "입속의 어떤 언어도 소리가 되어 나오지 않았"(89쪽)기 때문일 터다. 발화로 이어지지 못한 언어의 미비는 자신이 지나온 시간을 적극적으로 회피한 자에게 내려지는 일종의 형벌만 같다.

　"보이지 않는 유리벽"(89쪽)을 넘지 못하는 인물이 다음에 이를 수 있기를 염원하며 마지막 소설을 소개할 차례다. 우리의 삶은 언제나 그런 유리벽의 연속이고 때에 맞게 뛰어넘거나 부수거나 우회하는 방법으로 각자의 유리벽을 통과해왔을 것이다. 「최소화의 순간」에서의 인물들 역시 다르지 않다. 근수와 선혜 그리고 딸 보라로 구성된 한 가족은 삶을 사는 내내 가장 최소한의 조건들로 그만큼의 소비를 하며 살아왔다. 그중 하나가 자동차의 소유로, 이마저도 신차 구매가 아닌 "고등학교 동창에게서 거의 공짜로 얻은 것"(128쪽)이거나 "근수의 직장 동료의 것"(130쪽), "큰조카가 물려준"(133쪽) 차가 그들이 타고 다닌 세 대의 차였다. 그런데 이상하게도 "셀 수 없는 불운"의 시작 역시 "자동차를 소유하기 시작했을 무렵"(141쪽)과 맞닿아 있었다. 거슬러올라가면 약 이십여 년 동안의 일이었다. 하지만 불운의 시작이 자동차의 소유 시점과 같다는 말에는 명확한 근거가 부족했다. 가정을 꾸리고 가족이 늘어난 탓에 더욱이 분투하며 살아야 할 시기와 얼추 비슷할 뿐이었다. 문제는 그렇게 오랜 기간 동안 불운의 연쇄가 끊이지 않았다는 사실일 터다. "정년을 채우지 못하고 명예퇴직을 한 후" "이십사 시간 편의점을 운영"(135쪽)하는 지금도 빚은 점점 늘어나고 있었고 희망은 보이지 않았다. "삶에 꼭 있어야 할 최소한의 것들만 남긴다면"(148쪽) 더 나은 쪽으로 향할지도 미지수였다. 무엇보다 "그런 것을 삶이라 부를 수 있을까"(148쪽) 싶은 막막함이 앞섰다. 최소화된 삶에 대한 궁리를 이어나가던 중 근수와 선혜는 삶이 아닌 자기 자신이 최소화되고 있음을 온몸으로 감각한다. 근수는 눈의 정전이, 선혜는 머리의 정전과 같은 몸의 이상을 느끼는 것이다. 이는 노년 부부의 노화된 신체를 의미하는 것만은 아닐 터다. 근수와 선혜의 신체 변화는 점점 축소되는 삶의 크기에 맞춰 그것을 수행하는 자기 자신도 최소의 전력으로, 이른바 절전의 상태로 모드를 변환한 반영의 결과다. 이후의 방향이 "완전한 소멸"을 향해 간다는 건 인간의 유한한 삶으로 당연한 것일지도 모르지만 "마지막 점멸을 반복하는"(150쪽) 듯한 행위가 유독 마음에 오래 남는 까닭은 그것이 어딘가에 반드시 닿길 바라는 구조 신호이자 자신이 여기에 있었음을 증명하고자 하는 애타는 몸부림으로 느껴지기 때문일 것이다.

다시 서두에서 언급했던 한 인물의 소설 철학을 돌아본다. "분명 어디선가는 일어났을 일"을 "상상해서 글이라는 형태로 남기는 것", 그리하여 "일어난 일을 일어난 일로"(173쪽) 만드는 것이 그가 소설을 쓰는 이유이기도 했다. 일곱 편의 소설을 경유한 후에 되짚어본 이 문장은 분명 방우리의 소설론과 깊은 연관이 있다. 소설은 허구의 형식이나 사실 위에 쓰여야 한다는 것은 모두가 주지하고 있는 사실일 터다. 이는 있을 법한 이야기라는 뜻의 개연성, 진실다움이 강조되는 핍진성이 소설의 요건으로 여겨지는 이유이기도 하다. 방우리는 '일어난 일을 일어난 일로' 만들고자 하는 확고한 의지를 더해 필연성이라는 자신의 소설적 조건을 더욱 정교하게 만든다. 이 필연성은 반드시 현실의 논리를 따르지 않는다. 서사적 흐름 안에서 형성되는 내적 필연성으로 인해 이야기는 독자의 반응이 벗어나는 영역으로 흘러가기도 하지만 서사적 논리 안에서는 어긋남이 없다. 방우리의 소설은 이 세계에서 일어난 일에 대한 증언인 동시에 한 작가가 밀고 나가는 소설론에 대한 증명이기도 하다. 이곳 낙원맨션 근처에서는 고심하며 세계를 들여다보고 우직하게 자신의 작품 세계를 구축해나가는 그의 그림자를 발견하는 일이 가능하다.

십 년은 어떤 시간일까. 이 책에 실린 일곱 편의 소설을 고치는 동안 지난 십 년에 대해 자주 생각했습니다. 십 년 동안 나는 무얼 했나. 십 년 동안 무얼 하지 못했나.

십 년이 지나는 사이 이십 대에서 삼십 대가 되었습니다. 키는 자라지 않았고 몸무게는 늘었으며 같은 집, 같은 방에서 잠들고 깨고를 반복합니다. 십 년 전과 달라진 게 없구나 싶다가도, 아니지, 십 년 전에는 생각지도 못했던 일들을 하며 살아가고 있구나 하고 깨닫기도 합니다. 십 년 전 가까이 지내던 몇몇 사람의 소식을 지금은 알지 못하고, 십 년 전에는 세상에 존재하는지조차 몰랐던 사람들과 얼굴을 마주하며 살아갑니다. 그렇게 십 년 동안 오고 가고 잃고 얻고 잊고 알게 된 것들을 헤아리다보면 꼬박 십 년이 걸릴 것만 같습니다.

그러니 나는 십 년만큼의 십 년을 살아낸 것인지도 모르겠습니다. 십 년보다 짧지도, 십 년보다 길지도 않은, 딱 십 년만큼의 십 년을. 지나간 십 년이 다가올 십 년처럼 아득한 이유입니다.

첫 소설을 쓴 이후 책을 내겠다는 결심을 하기까지 십 년이 걸렸습니다. 망설이고 두려워하고 무언가를 기다리는 동시에 밀어내고 헤매면서도 앞으로 나아가는 시간이 아니었나 생각합니다. 여전히 아쉬운 마음에 자주 뒤를 돌아봅니다. 글이 되지 못한 말들에 대해 생각합니다. 부스러기가 되어 여백에 흩어진 말들을, 말조차 되지 못한 흐물흐물한 생각들을 눈으로 좇다가, 그런 나를 다그칩니다. 지난 시간을 무슨 수로 퇴고할 수 있을까요. 다만 십 년 뒤의 나에게 덜 부끄럽도록, 십 년 전의 나보다 덜 부끄러운 사람이 되도록. 시선을 돌려 나를 바라보는 일. 그것이 지금의 내가 할 수 있는 최선입니다.

어쩌면 진정한 변화란 변화하는 동안이 아닌, 그 시간을 지나 무언가 변했음을 알아차린 순간 이루어지는 게 아닐까 생각합니다. 이제야 소설에 쓸 말이, 소설이 될 말이 어렴풋이나마 보이는 것 같습니다.

내 이름 세 글자가 적힌 책의 표지가 아직은 낯섭니다. 나와 같은 이름이지만 나의 이름인 것 같지 않습니다. 한 권의 책 속에는 수많은 사람의 이름이 수많은 글자로 번역되어 있기 때문입니다. 내가 알고 있는 이들과 알았던 이들이. 나를 알고 있는 이들과 알았던 이들이. 서로를 알고 있거나 알았었다는 사실을 모르더라도, 혹은 잊었더라도 말이지요. 그 모든 이름이 책 한 권으로 엮였음을 밝힙니다.

책이 나오기까지 응원을 보내준 문우님들, 책이 나오기를 기다려준 친구들과 가족들, 책을 만드는 데 큰 도움을 준 전주문화재단 관계자분들을 비롯해 교유당 대표님과 편집자님들, 해설을 써주신 평론가님과 추천사를 써주신 작가님, 마지막으로 책을 읽어주신 독자분들께 감사의 말을 전합니다.

2025년 1월
방우리

방우리

전북특별자치도 전주 출생. 2014년 단편소설 「이사」로 '제2회 김승옥문학상' 신인
상 대상을 수상했다. 소설을 비롯해 다양한 글을 쓰며 살고 있다.

낙원맨션

초판 인쇄 2025년 1월 13일
초판 발행 2025년 1월 23일

지은이 방우리

편집 박민영 정소리 | 디자인 윤종윤 이주영 | 마케팅 김선진 김다정
브랜딩 함유지 함근아 박민재 김희숙 이송이 박다솔 조다현 배진성 김하연 이준희 나현후
저작권 박지영 형소진 오서영
제작 강신은 김동욱 이순호 | 제작처 상지사

펴낸곳 (주)교유당 | 펴낸이 신정민
출판등록 2019년 5월 24일 제406-2019-000052호.

주소 10881 경기도 파주시 회동길 210
문의전화 031.955.8891(마케팅) 031.955.2692(편집) 031.955.8855(팩스)

전자우편 gyoyudang@munhak.com
인스타그램 @gyoyu_books | 트위터 @gyoyu_books | 페이스북 @gyoyubooks

ISBN 979-11-94523-16-1 03810